Porzellan

Eine Erzählung von Christina Corente

Bibliografische Information der Deutschen National-bibliothek: Die Deutsche Nationalbibliothek verzeichnet diese Publikation in der Deutschen Nationalbibliografie; detaillierte bibliografische Daten sind im Internet über dnb.dnb.de abrufbar.

Lalagé ist dem Kunstbrief *Die italienische Komödie in Porzellan von Franz Anton Bustelli* aus dem Jahre 1947 entnommen.

Herstellung und Verlag: BoD – Books on Demand, Norderstedt

ISBN: 978-3-7557-1128-5

Für Welten,

die untergehen,

sich aber nicht so anfühlen.

*

Mai 1986, Westberlin

Mit dem Klang von Starkregen auf Asphalt sprengten Absätze die Ruhe des Vormittags. Eine kleine, untersetzte Person in pinkem Kostüm und Pumps eilte im dritten Stock des Kaufhauses von der Rolltreppe her über den langen Hauptgang an den Wühltischen vorbei zur Porzellanabteilung. Zu beiden Seiten des Ganges sahen zahlreiche Augenpaare träge dabei zu, wie sie an ihnen vorüber stürmte. Unvermittelt wurden die Tritte von der Auslegware geschluckt, was die Dame nicht bremste, aber nun geräuschlos weiterlaufen ließ. Erst vor dem großen *Das gibt's nur einmal ...* -Schild mit dem herabgesetzten Komplettangebot von Villeroy & Bochs Service 'Wildrose' stoppte sie jäh und riss den Deckel eines Teekännchens an seinem zur Knospe geformten Knauf in die Höhe. Schrill klingelnd ließ sie ihn wieder zurückfallen und entschwand querfeldein in Richtung der Aufzüge. Schweigend wie eine verlassene Bühne blieb die Abteilung zurück, oben an der Decke summte einsam eine Neonröhre.

Juliane tauschte ratlose Blicke und ein Achselzucken mit ihrer Kollegin an der Kasse, dann gähnten beide ver-

1

stohlen. Ihnen war jede Abwechslung recht in diesen stillen Morgenstunden. Wohl zum hundertsten Mal rollte Julianes Blick wie besinnungslos über die dekorierten oder einfach beladenen Tische voller Gedecke, Kannen und Anrichtegeschirr. Ihr Blick schweifte über Kolonnen handbemalter Vasen, über Schleierfische, Tänzerinnen und strampelnde Rösserfiguren. Mechanisch kletterte er an dem Regal mit den spielenden Tierkindern hoch, streifte über verliebte Flötenspieler neben Blumenmädchen mit ihren Körben und blieb im Fallen an dem lebensgroßen Papagei hängen. Der linste frech mit schief gelegtem Kopf zurück, aber Juliane hatte ihn schon so oft gesehen, ihr klappten die Augen zu. Wie zur Strafe landete ihr Blick anschließend auf dem Trupp Putten, die allesamt ins Nichts starrten, das gute Dutzend Münder weit geöffnet. Über ihren Köpfen verschmorte der Staub unter einer Hängelampe.

Sie wandte sich ab, langte hinter die Kassentheke, ließ den Verschluss ihrer Handtasche aufschnappen und zückte Lipgloss und Taschenspiegel. Das jugendlich weiche Spiegelbild in dem dämmerhellen Kunstlicht versöhnte sie auf Anhieb. Nichts verriet sie hier als den Flüchtling, der sie im Grunde war. Das feine Faltennetz um Mund und Augen, das man sonst bei Tage sah. Nein, das hier war keine voll gestellte Einöde, sondern ein gut bezahlter Zufluchtsort, barmherzig und aus der Zeit gefallen, zuverlässig und vorhersehbar, auf seine Art ewig.

Es wäre Juliane nicht im Traum eingefallen, die Leute hier zu fragen, ob und wie sie ihnen helfen könnte. Wobei auch oder womit? Sie setzte lieber auf den Moment, in dem sich Mensch und Dekor vor ihrem inneren Auge natürlicherweise ergänzten. Und sie wusste, was vielleicht noch wichtiger war, dass jede gelungene Vermählung mehr als auf allem anderen auf den passenden Vorstellungen ruhte. Um diese Vorstellungen in den Köpfen der Kunden reifen zu lassen, machte man am besten nicht zu viele Worte. Das jedenfalls waren Julianes Erfahrungen, die ihren Blick nun auf ein Pärchen geheftet hatte, das bis dahin keinem auffiel. Wohl, weil sich die beiden still zwischen den Regalen entlang drückten und nicht über den Gang geschlendert kamen, vor allem aber, weil sie jung und nicht nach Geld und auch sonst nach wenig aussahen.

Er schwitzte und hatte den unförmigen Hals in einem Rollkragen stecken, was seinem roten Kopf etwas Betagtes verlieh, zumal sich sein Haar bereits auf den Hinterkopf zurückgezogen hatte. Sie war kleiner und normalgewichtig, wirkte jedoch klösterlich gekleidet in ihrem knöchellangen Faltenrock und den formlosen Halbschuhen. Was sie oben trug, war vergessen, noch während man es betrachtete, denn sie schielte unter dem dichten, braunen

Pony derart heftig, als schauten einen die beiden Hälften ihres Gesichts aus unterschiedlichen Winkeln an.

Juliane ließ sich davon nicht beirren. Sie blieb bei der Seite, auf die ihr Blick als erstes gefallen war und lächelte konsequent hinein. Dann tat sie ein paar Schritte, stand bei Rosenthals Dekor 'Maria, weiß' und ließ ihre Hand so sachte über den Ausgusskropf der Kaffeekanne gleiten, als sei es ein Babygemächt. Die junge Frau folgte ihren Bewegungen ohne eine Miene zu verziehen und starrte nun abwechselnd auf die Kanne und Juliane ins Gesicht. Keine der beiden Frauen konnte es verhindern, dass nun die Sehnsüchte der Kundin in rauschhafter Bilderfolge an ihnen vorüberzogen.

War nicht das Gehirn der jungen Frau aufgrund ihres Augenfehlers ohnehin gezwungen, jeden ihrer Blicke auf ein begreifliches Maß zu berechnen und zu stutzen? Für ein Zahlenstudium und eine anschließende Karriere war das doch nur förderlich und brächte den nötigen Behauptungswillen gleich mit. Und was sollte sie denn groß davon ablenken? Der Modezirkus war ihr bestimmt seit Schulhoftagen ein Greuel, aber zweckdienlicher Schönheit konnte sie sehr wohl etwas abgewinnen.

Was auch kam, das glänzend weiße 'Maria' würde alles adeln, worin es stand, erst die Ikeavitrine und später die gediegene Anrichte im Eigenheim. Die Seitenflächen sei-

4

ner Teile, kantig angedeutet, fächerten sich aus rundem Boden auf, ähnlich der Geometrie einer Seerose, aber nach oben hin begrenzt durch einen Blütenrand, der aus der organischen unmerklich in die klassische Form wechselte. Das würde immer passen. Am besten natürlich auf die Hochzeitstafel, aber auch bei allem anderen Anlass, etwa zur Feier seiner Festanstellung, die er endlich ergattert hätte, trotz seiner erwiesenen Gutmütigkeit und nicht zuletzt dank ihrer Anschubkräfte. Die Finger ihrer Kinder dürften sich einmal unter Aufsicht an 'Maria''s schwungvoll ausladenden Griffen erproben, während die Hände der Schwiegereltern die Tassen ehrfurchtsvoll ganz umschlössen, als fühlbare Zeichen des Erfolgs. Juliane konnte nicht anders, als diese aussichtsreichen Pläne abzunicken, was zu einem Moment der Eintracht zwischen ihnen führte, einem erkauften zwar, aber darum ging es ja.

„Das macht dann eintausendneunhundertvierunddreißig Mark und siebzig!", sagte Juliane später an der Kasse in den Vormittag hinein, dessen Schweigen ihr nun fast ein wenig fassungslos vorkam. Während das Pärchen aus einer abgeschabten Tasche mit einer schweren Börse darin ein sauber geglättetes, von einer Klammer gehaltenes Bündel Hundertmarkscheine und dazu etliche zerknüllte Hunderter und Fünfziger zusammensuchte, sah Juliane aus dem Augenwinkel heraus Kollegin Uschi unter ihrem Wust von Locken offenen Mundes herüber starren.

Frau Hartmann-Pracht von gegenüber bestaunte die Szene ebenfalls und war dazu eigens auf den Gang getreten. Sie hatte Glück, dass ihre Brille an einer Kette baumelte, weil diese sonst heruntergefallen und auf dem blauschwarz gemusterten Teppich nicht so bald gefunden worden wäre. Schließlich fiel Juliane noch Fräulein Greuner auf (die Anrede war jener recht - „Das klärt doch die Verhältnisse!"), die das Ereignis, von hinten wie Kasperle aus den Vorhängen ragend, puterrot verfolgte. Davon gleichermaßen amüsiert wie aufgewühlt war Juliane indes viel zu beschäftigt, die 94 gewünschten Teile, darunter 12 Kompottschälchen, große Kaffeetassen und eine Sauciere, herauszusuchen, auf Makellosigkeit zu prüfen und in ihrem Originalkarton oder dicken Rollen Papier verstaut, tütenweise zusammenzustellen.

Dazu kamen noch bohrende Fragen der Kunden, die sie jedoch, 'Maria' sei Dank, glänzend parieren konnte. Sicherlich war alles spülmaschinenfest und selbstverständlich ließe sich bei einem solchen Klassiker quasi für immer jedes Teil nachbestellen. Treppab, rein ins Lager, raus aus dem Lager und wieder treppauf, der Morgen hatte sich ganz schön sportlich entwickelt und als endlich alles bruchsicher verpackt, noch einmal abgerechnet und dem jungen Mann wie einem Esel aufgebürdet worden war, ging es bereits auf mittags zu. Juliane wollte sich eben auf die Toilette verdrücken, da stellte sich ihr Frau Hartmann-Pracht in den Weg.

Wie sie da stand, vor Aufregung leicht schielend, hätte sie eine ältere Verwandte der jungen Kundschaft abgeben können. Zu ihrem Pech hatte Frau Hartmann-Pracht dafür aber gar keinen Sinn, sie war auf toupierte Damen abonniert, deren Stimme und Duftmarke jeden Winkel füllten. Keuchend vor Ärger brachte die Kollegin nun hervor, dass es so nicht gehen könne, nicht um diese Uhrzeit, da sei ein Geschäft dieser Größenordnung den anderen gegenüber nicht fair. Juliane wollte sie, beruhigende Worte murmelnd, sanft beiseite schieben, da kam Fräulein Greuner noch dazu gestürzt und betonte, dass man die jungen Leute den Kauf unbedingt noch einmal überdenken und sie um vierzehn Uhr hätte wiederkehren lassen müssen. So etwas entscheide man keinesfalls aus dem Bauch heraus und überdies hätte sich das Service nachmittags nach reiflicher Überlegung und einem netten Essen im Restaurant ganz von allein an das junge Paar verkauft. Für dieses Dekor sei es, wie man allseits wisse, gar nicht nötig, jemandem etwas aufzudrängen.

Obwohl sie damit nicht ganz unrecht haben mochte, das Service war tatsächlich ein Verkaufsschlager, hätte

Fräulein Greuner selbst wohl nie in dem Verdacht gestanden, jemandem etwas aufzudrängen. Abgesehen davon, dass ihr jetzt die Schlagadern am dürren Hals schwollen, war sie von der auffallenden Erscheinung einer zu groß geratenen Ballerina und nahm es als einzige figürlich mit der zehn Jahre jüngeren Juliane auf. Zwischen den schlanken Kannen und fragilen Figurinen war sie schwer auszumachen und für gewöhnlich genauso unbeweglich. Faul wie die Sünde vertraute sie, wo immer möglich, auf das Argument menschlicher Begehrlichkeiten und scheute Sprechkontakt. Etwas in der Art merkte nun auch Uschi Adlboden an, die sich in den Streit eingeschaltet hatte, um Juliane beizuspringen. Wie immer, wenn sie sich aufregte, fiel sie, für die Begriffe aller um einiges zu laut, ins Bayerische: „Ja, seid's narrisch geworden? Was hoabt's dagegen, dass des G'schaft guad laafd? San mer hier im Sozialismus oder was?" Erschrocken hielten alle einen Moment lang inne, als plötzlich - „Mamma?" - Julianes sechzehnjährige Tochter Jamilah vor ihnen stand.

Jamilah

Jamilah. Wie immer beim Anblick ihrer Tochter verblüffte es Juliane, wie eine Komposition aus matten Erd-, Rauch- und Olivtönen derart bezaubern konnte. Unter Jamilahs dunklem Krausschopf, echte Locken im Gegensatz zu Uschis, mochte diese schwören, was sie wollte, standen Mandelaugen, die sich – rauchblau? graugrün? doch schwarz? - kaum auf eine Farbe festlegen ließen. Wirklich schön an ihr aber waren die deutlichen Schatten um ihre Augen herum, die in unendlich zarten Graustufen bis hoch zu den vollendet gezeichneten Brauen reichten. Nicht die Farbgebung an sich, sondern vielmehr eine heimliche Kenntnis der Gewebe, ihr zweckentzogenes, alchemistisches Spiel der Abgrenzung, des Überganges und Zusammenfließens war es, das Juliane an den Vater denken ließ. Und damit unweigerlich an den heißen Frühsommertag 1969, als es sie, wenige Jahre älter als ihre Tochter heute und ungeduldig von einem langen, braunen Fohlenbein aufs andere tretend, auf den S-Bahnhof Charlottenburg verschlagen hatte.

Wenn man plante, ein sich gegen den wolkenlosen Himmel abzeichnendes tödlich graues Einerlei zu studieren, hier war der Platz dafür. Nicht ein Zug, dafür Schienen und nochmals Schienen, kein Mensch zu sehen, keine Durchsage zu hören, es roch nach Ostputzmitteln. Nur die Bienen brummten sommertrunken durch die Gegend und mussten von der feuchten Haut verscheucht werden. Viel zu alt dafür verfiel die gelangweilte Juliane in Kindergesumm und begann aus Gewohnheit den Bahnsteig mit den Augen nach Aufsammlungswürdigem abzusuchen. Das rissige Auf und Ab der Bodenplatten gab erwartungsgemäß nichts her, bis sie am Rand eines Grasbüschels, das sich aus einer Ritze zwängte, etwas Türkisblaues aufblitzen sah, welches exakt dem Aufglasurfarbton für Hartporzellan nach Ferdinand-Henry Montelèque zu entsprechen schien. Solches Wissen wollte ihr einfach nicht mehr aus dem Kopf, inzwischen völlig überflüssig, ihre Lehre zur Porzellanmalerin war seit einigen Monaten vorzeitig vorbei, diese einmalige Chance bei KPM in Tiergarten. Von ihrem emsigen Vater organisiert und eingefädelt, einem alten Hasen aus Meißen, seit Jahren selbst im Dienst der Königlichen Porzellan-Manufaktur in Berlin. Dort hatte sich seine Tochter eigentlich bewährt, Talent, ruhige Hand und pflichtschuldig sogar an den trockenen Herstellungsvorgängen des Porzellans interessiert - „Der geschlämmten, entwässerten und vorgereinigten weißen Tonerde, dem Kaolin, mit mehlfeinem Pulver aus Quarz und Feldspat im Massenquirl vermengt, wird nach gründlicher Durchmischung weiteres Wasser entzogen, bis eine viskose Rohmasse entsteht, die sich bei gleichmäßiger Temperatur und Luftfeuchte bis zu einem Jahr in flachen Massenplatten lagern lässt..." Aus, vorbei, irgendwann wurde das Jucken der Finger, Hände und Unterarme zu einem Teil von ihr, genau wie das Rasseln beim Atmen. Der Arzt hatte trübsinnig geschaut, der Vater den Kopf geschüttelt, nein, nein, nein.

Es war ihre pragmatische Mutter, die endlich einsah, dass es so nicht weiterging, mit diesen rotklumpig verschwollenen Fingern und Handgelenken, das Mädel keuchend und immer kurzatmiger. Der Doktor mutmaßte, sie vertrage das Kobalt nicht, wohl keine Seltenheit. Nun war alles umsonst und sie wartete, satt von der Lernerei und ungewohnt frei auf dem verlassenen Bahnsteig darauf, was die Zukunft bereitstellte. Als sie sich bückte nach dem türkisfarbenen Kügelchen, oder war es ein Stein?, schnappte es ihr eine schmale, braune Hand direkt vor der Nase weg und als sie hoch schaute, fand sie in diesem lachenden Gesicht alles verloren Geglaubte wieder. Dichte Brauen standen ihm ausgebreitet wie Schwingen auf der Stirn, Härchen an Härchen exakt in Wuchsrichtung, pechschwarz auf brauner Haut, zum Abpausen schön. Aber das war es nicht allein, auch nicht die seidigen Wimpern in Reih und Glied. Es war die Farbe seiner Augen, feinstes Empire-Grün, eine Chrom enthaltende Fondfarbe, die man in Frankreich 170 Jahre früher zusammen mit üppigem Gold auf Porzellan so sehr geliebt hatte. Und tatsächlich entdeckte sie auch Goldreflexe, vor allem, wenn ihm wie jetzt die Sonne direkt ins Auge leuchtete. Sie fand und bewunderte den dunklen Pupillenrand, der sich klar vom Weiß seiner Augen abhob, platingrau, im französischen Sèvres um 1814 verwendet. Wie war das möglich? Ein Hauch von pink-Rosa, das natürlich aus England kam, 1836 von Fabio Malaguti weiterentwickelt, überzog seine bronzenen Wangen, am deutlichsten oben an den Jochbögen. Und wo war das Kobaltblau, das verflixte, das schuld war an dem ganzen Ärger? Schon wollte sie aufgeben, da drehte er ihr die Seite zu und sie sah es auf dem rabenschwarzen, ordentlich zusammengebundenen Haar schimmern, das dunkle Blau, in Wien fünffach aufgetragen, wie es Alexandre Brongniart geschildert hatte - ach, da war es ja.

Geschenkt, dass er kaum ein Wort deutsch sprach und sie beide nur mittelprächtig englisch. Sie fand das nicht bloß unbedeutsam, sondern verlor überhaupt keinen Gedanken daran. Ihr Einfall, ihn nach einer in Meißen gefertigten Porzellanfigur *Pedrolino* zu nennen, sagte ihr so sehr zu, dass ihr darüber sein wirklicher Name nicht mehr einfiel. Später einmal sollte sie sich vor ihrem Kind entsetzlich schämen, weil sie nicht einmal sagen konnte, aus welchem südamerikanischen Land er kam. Bolivien oder Peru? Und was er hier in Deutschland eigentlich tat.

Der kaputte Schlüsselanhänger mit der türkisblauen Glasperle und ein Viererstreifen aus dem Passfotoautomaten gehörten, abgesehen von Jamilah natürlich, zu den Überbleibseln ihrer Liebe. Niemand hatte sie vor dem Automaten aufgefordert zu lächeln, also schauten sie ein bisschen verdrossen und hatten einander erst im Nachhinein erleichtert angegrinst, wovon auf den Fotos natürlich nichts zu sehen war. Sie hatten sich noch enger aneinandergeschmiegt, als es der Platz im winzigen Automatenhäuschen verlangt hatte. Auf den Fotos leicht in den Hintergrund gezwängt, schaute er weniger spektakulär aus, eher wild. Sie wirkte jung und zerbrechlich mit ihrem feinen, zur Welle geformten Blondhaar, die Brauen fragende Striche, in unterschiedlicher Höhe über leicht konzentriert zusammengekniffenen Augen. Man konnte Angst um sie bekommen und dieser Eindruck war richtig.

Juliane war von Natur aus nicht sehr gesprächig. So suchte sie bangen Herzens allein für sich nach den Worten, mit denen sie ihn über ihren Zustand aufklären wollte. Was um alles in der Welt zwang sie beide nur, sich ständig wie Ferienkinder zu gebärden? Ihm war auch nicht mehr danach zumute, als er ihr an diesem letzten Tag die Tür öffnete. Zwischen vielen Worten verstand sie „I am leaving", und hörte ihn ungläubig ein Flugzeug nachahmen. Als das nichts nützte, um sie vom Boden aufschauen zu lassen, zeigte er ihr ein Farbfoto von einer jungen Frau und einer kniehohen Ausgabe seiner selbst, tatsächlich ein *Pedrolino*, ein kleiner Pedro. Sie war so überrascht, dass sie gar nicht böse werden konnte. Die andere sah ihr ähnlich, trug ihr Haar länger, eher dunkelblond. Ganz kurz hoffte Juliane, der kleine Junge sei er selbst und die junge Frau seine Mutter, sie drehte das Foto um und gleich wieder zurück, denn von der Widmung brauchte man kein Wort richtig lesen zu können, um sie zu verstehen.

Die Katastrophe und der kommende Winter ließen sie verstummen und starr werden vor Angst. Sie verbrachte die meiste Zeit damit, am Fenster ihres kleinen Zimmers im Studentenwohnheim in der Clayallee dem mal spärlichen, mal stärkeren Verkehrsfluss zuzusehen. Die Eltern hatten ihr in einem Vertrauensvorschuss, der Abitur, Studium und Benehmen einschloss, erlaubt, von zu Hause auszuziehen. Jetzt hatte sie den Vater seit Wochen nicht gesehen, von der Mutter kamen schrille Vorwürfe. „Musste es auch noch ein Indianer sein? Aus Südamerika? Wie soll ein Kind von dem wohl aussehen?" Juliane schrie zurück, sicher sei er aus Argentinien. Dann hörte sie auf zu schreien und sagte mehr zu sich selbst, er hätte anscheinend Deutsche gemocht. Ihre Mutter verstand dies empört als Anspielung auf die Auswanderung vieler Deutscher nach dem Krieg, vornehmlich Nazis, was auf einen Nerv bei ihr traf. So lief sie Juliane auch noch davon. Nie zuvor und auch nicht mehr hinterher sollte sich diese trotz Baby im Leib so einsam und hundeelend fühlen.

Ob es der Arzt war, der sie drei Mal fragte, bis sie ja sagte oder ob sich ihre Eltern rachsüchtig zeigten. Juliane erfuhr nie, wie sie zum Entbinden ausgerechnet in diese kirchliche Einrichtung geriet. Sie war mit 19 Jahren noch minderjährig, Vater und Mutter somit entscheidungsbefugt und der Doktor, der sie seit Kindertagen kannte und sichtlich Geduld mit ihr hatte, musste irgendwann handeln. Vielleicht kannte er das Haus auch so, wie es die Schwangeren kennenlernten, zu denen Männertritte auf dem Gang führten. Diese hoffentlich glücklich Verbundenen erlebten ein halbwegs aufmerksames und freundliches Klinikpersonal, zu dem überwiegend Nonnen zählten. Da hieß es auch mal bitte und danke und außer den naturgemäßen Beschwerden wurde sich wenig beklagt. Keine dieser Frauen wurde so lächerlich oft untersucht wie Juliane. Niemand schaute ihr dabei mehr in die Augen, zunehmend gröber machte man sich an ihr zu schaffen, den Blick starr an ihr vorbei gerichtet. Während ihr von dem Schweißgeruch unter den gestärkten Trachten übel wurde, glaubte sie, wahnsinnig zu werden. Juliane hatte gehofft, nicht wie ein gefallenes Mädchen behandelt zu werden, nicht im Jahre 1970!, nun wurde ihr klar, dass sie für jene Menschen nichts anderes war. Keiner, der noch das Wort an sie richtete, ließ den Akt unerwähnt, der zu ihrem Zustand geführt hatte und als jemand aus ihrem Peinigertross zum wiederholten Mal den Spruch „Na, wer A sagt, der muss wohl auch B sagen!" von sich gab und dazu ganz abscheulich schmatzte, kochte unbändige Wut in Juliane hoch. Zu den monatelangen wehen Gedanken und dem Ärger, dem sie nun ausgesetzt war, gesellten sich die echten Wehen und Juliane brannten die Nerven durch. „Mutter Maria müsst' man heißen!", hörte sie sich kreischen, „da gäb's Geschenke, keine dreckigen Pfoten!", was ein bisschen ungerecht war, denn auf saubere Hände wurde Wert gelegt. Juliane tobte, fluchte und schrie und zumindest den barmherzigen Schwestern zahlte sie es auf Heller und Pfennig heim. Die trieb es davon, kalkweiß wie die Wände, eine kippte noch fast um neben ihrem Bett. Die Hebamme war nicht so leicht zu beeindrucken, sie murmelte „Hört, hört!" und wich schimpfend aus, als Juliane sich schwallartig aus dem Bett übergab, dazwischen in immer helleren Tönen schrie, während etwas anderes, auch im Schwall, aus ihr herausfloss. Von der Geburt blieb ihr hauptsächlich in Erinnerung, wie sicher sie sich war, das war das Ende.

*

Wo sie nicht weiter wusste

als bis zu diesem Ort der Pein.

Da riss der Himmel auf und gebar die Sonne.

Ein winzig Menschlein

begann gewissenhaft zu schrei'n.

*

Sie hielten es nicht aus. Natürlich nicht. Wenige Tage nach Jamilahs Geburt standen ihre Eltern vor dem Bett, die Mutter im Pepitakostüm, eine schwarzweiß gemusterte Kappe steckte auf den blonden Locken fest. Ihr Vater wirkte daneben wie der Taxifahrer, mit einer Lederjacke, die seine langen Beine noch dünner und ihn noch hagerer aussehen ließ, Schirmmütze, Schnauzer und Koteletten.

„Chaam-mela...", versuchte Hertha den Namen ihrer Enkelin durch die Glasscheibe zu entziffern, der sie von der Säuglingsstation trennte, wo die Genannte den Besuch der Großeltern friedlich verschlief. Worauf der Opa seufzte und begriff „Oh, ein Mädchen!". Er lächelte verlegen und sackte noch ein wenig weiter in sich zusammen, ein Moment, in dem etwas in Juliane zerriss und sie ihn anschreien und für immer hätte fortschicken mögen. Zu ihrer Überraschung aber sah sie sich ihren Vater in der spiegelnden Scheibe anlächeln und seine Aussage bestätigen, „ja, ein Mädchen". „Du sollst dich ja aufgeführt haben hier", sagte ihre Mutter und schaute sich nach dem Krankenhauspersonal um, von dem nichts zu sehen war. Juliane wollte davon gar nichts mehr hören, ihr war das alles peinlich, sie bettelte bei der Aushilfe, die man ihr noch schickte, längst um ein wenig Unterstützung. Aber die Eltern lächelten nun beide, denn mit der Kirche hatten sie es seit den Nachkriegsjahren in der Ostzone auch nicht mehr so.

Jamilah war ein entzückendes Baby und Juliane sah ihren Eltern die Erleichterung darüber an. Bald wären sie vor Stolz ganz außer sich und Juliane würde sich, freilich um ein paar Illusionen ärmer, wieder in den Familienschoß zurücksinken lassen können. Niemand hatte ihr Baby nach der Geburt zu ihr gelegt und als sie sich wieder in der Lage sah, sich ächzend aus dem Bett hochzurappeln und in die Säuglingsstation zu humpeln, da begriff sie mit einem

Schlag, warum sich Mütter auf der ganzen Welt jeden Mist bieten ließen. Während ihr Töchterchen herzhaft gähnend erwachte, hatte Juliane über ihr leise wieder zu summen begonnen.

Ihre Tochter schien als einzige genau zu wissen, worauf sie sich eingelassen hatte, als sie zur Welt gekommen war. Sie weinte selten, schlief früh durch und überblickte, schon bald in ihrem Buggy aufrecht sitzend, die Lage wie ein Zwergengeneral. „Voilà, Mademoiselle Bonaparte", sagte Juliane, was ihr Kind sich steif umdrehen und mit zusammengekniffenen Äuglein huldvoll den Keks entgegennehmen ließ. Ihre Strategie, wenn es denn eine war, den Menschen zu begegnen, war ebenso einfach wie wirkungsvoll. Während andere reichlich Zeit erhielten, Jamilahs Vorzüge zu bemerken, schien sie selbst stets abwesend und musterte einen so gut wie nie. Ihre seltenen Geschenke an Aufmerksamkeit wirkten gerade auf die Jäger unter den Menschen, wovon es ja nicht wenige gab, wie eine Droge, von der man immer weniger abbekam, je länger man Jamilah kannte. In einem hellen Moment vermutete ihre Mutter, dass schlicht eine gewisse Scheu dahintersteckte, fiel aber selbst noch oft genug auf diesen geheimnisvollen Mechanismus herein, der die Leute süchtig machte und dazu brachte, so verzweifelt um Jamilahs Gunst zu buhlen, als sei dies der einzige, noch verbliebene Daseinszweck.

So wusste Juliane den Blick natürlich zu deuten, den Andreas nicht von ihrer Tochter lösen konnte. Jamilah hatte ihn ins Kaufhaus mitgebracht, zweifellos eine Auszeichnung. Andreas ging auf ihre Schule und war ein Jahr älter - „Oberstufe, Mamma!" -, und Juliane lud die zwei zum Mittagessen ein. Nicht in die Mitarbeiterkantine im zweiten Stock, die ließ sich keinem zumuten. Dort kochte der Rotstift in Person eines Exleipzigers, dessen Vorliebe für Eintopf einen schon lange belästigte, bevor man die Kantinentür aufstieß. Außerdem wurde jeder in diesem tristen, besucherfreien Trakt in den Hinterräumen des zweiten Geschosses sofort depressiv, in Gesellschaft verhuschter Gestalten über eine Art Gefängnistablett gebeugt.

Da bot das Bistro deutlich mehr, erstmal an Licht, es lag im fünften Stock. Darüber hinaus wurde es mit Klaviertönen beschallt und erlaubte durch den Mix aus Mitarbeitern und Kunden an weitläufigen Tischen, von gewaltigen Kübelpflanzen verdeckt, sogar etwas Rückzug. Juliane schluckte, als die Kassiererin den Preis für die drei Portionen nannte, aber dann freute es sie, wie zufrieden der Junge kaute. Sie ertappte sich dabei, froh darüber zu sein, dass er deutsch war, hoch aufgeschossen, blond und hübsch, trotz der etwas eng stehenden Augen, die beim Lachen zwischen kleinen Wülsten verschwanden. Jamilah schien er zu nerven, sie saß stocksteif und zurückgelehnt da, rührte ihr Essen kaum an und hatte die Augen hartnäckig in die Ferne gerichtet. Auch Juliane war nicht entgangen, wie sich Andreas auf dem Weg zum Bistro hinter ihnen her zuckelnd, großäugig im Kaufhaus umgesehen hatte, ganz wie jemand, der später schenkelschlagend von einem sehr seltsamen Ort berichten würde.

Nun hatte er auch noch eine falsche Bemerkung gemacht und Jamilah holte zum Präventivschlag aus. „Meine Mutter", sagte sie gerade in vernichtendem Tonfall, „verkauft mehr von dem Zeug, wie du es nennst, als jeder andere hier". Sie schnippte sich kerzengerade sitzend einen Fussel von ihrem viel zu großen, dunklen Blazer, den sie, wie Juliane fand, überhaupt nicht mehr auszog. „Und außerdem sind die teuersten Stücke wahrscheinlich noch von meinem Opa dekoriert", fuhr Jamilah fort und pustete sich eine Locke aus der Stirn. „Das kann sich natürlich kaum einer leisten und die anderen lästern dann halt!" Andreas schaute betreten vom Essen auf und versuchte, die Geschütze von sich abzulenken, indem er sich Juliane zuwandte. „Danke für die Einladung, Frau Saltur", murmelte er kauend. Vielleicht war es auch seine Angewohnheit, beim Reden zu essen oder umgekehrt, die Jamilah gegen ihn aufbrachte. „Ist es eigentlich schwierig, dieses... ähm... Geschirr zu verkaufen?" Juliane, die gerade selbst den Mund voll hatte und dabei ein schweigsames Vorbild abgeben wollte, stellte in diesem Moment irritiert fest, dass es sein heftig wackelndes Knie unter dem Tisch war, das die Umgebung leicht erzittern ließ und nicht irgendwelche Reparaturarbeiten draußen, wie sie angenommen hatte. Ihre Antwort verzögerte sich, so dass er verunsichert ausrief: „Wäre doch super, wenn Sie gleich wüssten, ob jemand etwas kaufen möchte. Wenn also sagen wir ein Mann", seine Gabel vollführte einen Bogen in der Luft, „sich seinen Schuppen bloß noch so mit Goldrandkram vollstellen will. Weil er einen Reichentick hat oder so. Dann hätten Sie ein Gerät, das würde meep-meep-meep machen und Sie bräuchten ihm das Zeug bloß noch einpacken." Er strahlte. „Blödsinn!", rief Jamilah dazwischen. „Und was ist mit Datenschutz und so? Will der etwa, dass alle wissen, was der kauft?"

„Ich frage mich, wozu es mich dann noch bräuchte", schaltete sich Juliane ein, die ihre Sprache wiedergefunden hatte. „Das wäre ja wie bei VW am

Band, keine Menschen mehr, nur noch Roboter". Andreas nickte begeistert. „Also da müsste man natürlich auf der richtigen Seite stehen", fand er. „Aber mit sowas könnt' man richtig Kohle machen." Von Jamilah sah man inzwischen nur noch den schmalen Nacken und sogar der war verdächtig gerötet.

„Ja, das wäre... also, das wäre...", Juliane merkte, wie ihr die Dinge heute über den Kopf wuchsen. Verblüfft stellte sie fest, dass ihr Essen ausgezeichnet schmeckte. Es ertrank nicht wie sonst im Fett und war wunderbar gewürzt, tatsächlich astrein, wie der Junge erklärt hatte. Dann fielen ihr die ganzen Streithähne schwer auf die Nerven und es war erst mittags. Und damit nicht genug hatte sie einige Tische weiter auch noch den Kaufhausgeschäftsführer Werner Schmitz entdeckt, der ihr, hart am Rand der Raucherecke platziert, aus einer Wolke blauen Pfeifenqualms heraus schon grausam lange zulächelte.

Studio Line

Juliane widerstand dem Impuls, sich nach jemandem umzudrehen, den der Geschäftsführer in Wahrheit meinen könnte. Eingedenk des Mottos ihrer Mutter 'besser ein bisschen peinlich als ungehobelt', lächelte sie so verschwommen in Schmitz' Richtung, dass es notfalls auch als reine Lebensfreude durchgehen konnte. Das veranlasste diesen nun prompt, ihr ehrerbietig zuzunicken und die Pfeifenhand zu schwenken.

Sie grüßte freundlich zurück und schob den Teller von sich. Es blieb zwar noch eine Viertelstunde Pause übrig, aber dafür würde sie lieber Kollegin Uschi später zu einem Kaffee überreden. Juliane stand auf, gab ihrer widerstrebenden Tochter einen Kuss, folgte deren angewidertem Blick und sah, dass ihr übriggebliebenes Essen schon unter Andreas' Gabel gelandet war. Hastig ließ sie die zankenden Jugendlichen hinter sich - „Ach, weißt du, vergiss' es! Vergiss' es einfach" - „Man, Jamilah, war doch nicht so gemeint, jetzt mach' dich doch mal locker!" - „Bombenidee, du. Ich werd' jetzt mal ganz locker gehen..." - „Jamilah, hey! Jamilah!" - und machte sich wieder auf dem Weg zu ihrem vergleichsweise friedlichen Arbeitsplatz.

Während sie die zwei Stockwerke nach unten zurücklegte, sehnte sich Juliane nach Stefan, den sie heute überhaupt noch nicht zu Gesicht bekommen hatte. Im Leben hätte sie nicht darauf wetten wollen, dass dieser Geschäftsführer Schmitz überhaupt wusste, wer sie war. Zu dessen unverhofftem Gebaren hätte Stefan wahrscheinlich nur etwas bemerkt wie „das markiert ohne Zweifel deutlich einen Wendepunkt in unserem Geschäft" und es dabei belassen. Juliane konnte zu ihrem Bedauern in Situationen, die sie als heikel empfand, einfach nicht gelassen bleiben. So hatte sie sich auch zu früh gefreut, den dritten Stock wieder so still vorzufinden wie sonst üblich um diese Uhrzeit.

In der Porzellanabteilung war die Hölle los. Es wimmelte von Leuten, alle Verkäuferinnen waren schwer beschäftigt. Heidelinde Greuner, die sich am Morgen mit einem einzigen Kunden herumgeärgert hatte, der einen hässlichen Krug in einen noch elenderen umtauschen und sich mit ihr kaum hatte über die drei Mark zwanzig Preisunterschied einig werden wollen, stand nun, beratschlagend und erläuternd, wie eine Reiseführerin zwischen lauter Westlern. Irgendwie zu spät gekommen für diesen Boom stand Juliane verloren herum und wusste nicht, wen sie aus welchen Gründen hätte ansprechen sollen, ihr erging es wie dem Habicht vor dem Spatzenschwarm. So verpasste sie den Anschluss und wurde jede Minute nervöser, was die Kolleginnen aus den Augenwinkeln schadenfroh beschmunzelten.

Schon wollte sie das Feld räumen, um sich hinter den Regalen oder gar im Lager zu verstecken, da sah Juliane einen Herrn schnurgerade auf sich zusteuern, der, gütiger Himmel!, aussah wie der Geschäftsführer Schmitz. Aber nein, er war gestreckter, salopp gekleidet und hatte einen gräulichblonden Haarkranz. Bei ihr angekommen, nahm er seine Pilotenbrille ab und erkundigte sich höflich, ob sie „noch frei" wäre, was Juliane rundheraus, aber denkbar knapp, bejahte.

Es ging um seine Tochter, der Herr nuschelte etwas schwer Verständliches, der wollte er etwas Schönes von bleibendem Wert schenken und dabei keine Kosten scheuen. „Ah", sagte Juliane verständig, „dann richtet sich das Mädel gerade seinen Hausstand ein?" Nein, seine Tochter war fast dreißig. „Junger Vater", deutete er auf sich selbst und machte einen kleinen Hüpfer.

Umstandslos erfuhr Juliane, dass der Herr Geologe war, als solcher ständig auf Reisen und deswegen seit Jahren geschieden. Nun suchte er nach Wegen, damit man einander näherkam, außerdem war er als Sachse quasi wurzellos. „Oh, Sachsen. Da kommt meine Familie auch her", sagte Juliane unwillkürlich, „wir sind ursprünglich aus Meißen. Und Sie?" Aue im Vogtland. „Schnorr von Carolsfeld!" sagten beide wie aus einem Mund. Hans Schnorr war ein sächsischer Landbesitzer und Zulieferer feinen Tons gewesen für die erste Manufaktur in Meißen, anno 1708.

Juliane war stolz, der Kunde beeindruckt. Er übte den Zehenstand, fiel wieder zurück und meinte, das nette Gespräch wäre doch auch bei Kaffee und Kuchen fortzusetzen. Aus Reflex sann sie kurz darüber nach. Sie und dieser Mann? Hätte er ihr erst die Welt erklärt, bliebe die stete Sorge, er könne im Ohrensessel entschlafen, wenn kein Pfeifenwölkchen mehr daraus entstiege. Vielen Dank, das ging nicht. „Was hat Ihre Tochter denn für einen Geschmack?"

Geraume Zeit später hatte Juliane dem Herrn endlich aus der Nase ziehen können, dass seine Tochter gerne asiatisch aß und kochte, seit die Familie vor über einem Jahrzehnt ein paar Monate in Hongkong verbracht hatte. Sie hatte für sie beide den Weg gebahnt bis hin zu der Tafel mit den vielbeachteten 'Studio Line'-Exponaten der Marke Rosenthal und ihm 'Suomi' präsentiert, ein asiatisch anmutendes, schlichtes und rundliches Dekor, von Künstlern in limitierten Auflagen vielgestaltig dekoriert. „Oh nein, nichts Vollgemaltes. Kunst gehört an die Wand und nicht in den Tassensatz!", wiegelte der Kunde ab und kicherte dabei in sich hinein. Was sollte sie dazu sagen? „'Suomi' gibt es auch in reinweiß". Das war ihm wiederum nicht spektakulär genug. Vielleicht die Serie 'Tac', von dem Architekten und Bauhausgründer Walter Gropius geführt, mit noch einen Tick kühner und moderner geschwungenen Teilen? Schon besser, aber gewagt, fand sie das nicht? Oder reichte das puristische Oval der frisch hereingekommenen Vase 'Tasca', mitgebrachte Blumen ließen sich doch gar nicht schöner unterbringen. „Na, das wäre der ganz große Wurf", scherzte er und brachte sie damit wirklich zum Lachen.

Gab es diese Tochter eigentlich? Als hätte er ihre Gedanken erraten, fischte der Besucher aus einer der ungezählten Taschen seines sandfarbenen Parkas eine Lederbörse und entnahm ihr das Foto einer lebensfroh wirkenden jungen Frau, von dem Typ, mit dem Juliane noch nie etwas hatte anfangen können. „Sehr nett", sie ließ den Blick von dem Foto zu 'Suomi' und wieder zurück wandern, „also das könnte doch passen!" „Ach, Asien", sagte der Mann, schloss das Portemonnaie und steckte es zurück. Dann trat er unangenehm nahe an Juliane heran. „Ich gebe den Asiaten, speziell den Chinesen, zehn Jahre, dann werden wir von denen überrannt! Und unsere Wirtschaft..." Er warf sie symbolträchtig über seine Schulter, woraufhin es in Juliane gärte. Da hieß es multi hier und kulti dort, aber sich vor der „gelben Gefahr aus dem Osten" zu fürchten, damit lag man offenbar immer richtig. Dabei hatten selbst ihrem Vater, dem es nie deutsch genug hatte zugehen können, die Chinesen des 18. Jahrhunderts Leid getan. „Was das Porzellan angeht, lief es ja wohl einst genau anders herum", bemerkte sie deshalb spitz. Der Export chinesischen Porzellans gen Westen, der seit dem Mittelalter floriert hatte, erlitt empfindliche Einbrüche, als in Europa die Manufakturen wie Pilze aus dem Boden schossen. Davon sollte sich die Produktion in China nie mehr erholen. Und das, nachdem noch Sachsens „Sonnenkönig" August der Starke ein 600 Mann starkes Reiterregiment samt den Pferden eingetauscht und ins feindliche Preußen entsandte, nur um sein Kabinett endlich mit über hundert weiteren, täuschend ähnlichen und nahezu gleich großen Chinavasen bestücken zu können, die ihm der preußische König für das Regiment überlassen hatte. Juliane hatte sich wohl laut echauffiert, denn jetzt machte der Herr „Oooooooch", zog sein Augenlid herunter und entblößte reichlich gelbe Skleren, „die armen Chinesen!"

Weit hinter ihnen schraubte sich langsam Stefan aus dem Boden empor. Auf der Rolltreppe oben angekommen, erwachte er zum Leben und wies, zu seinen Begleitern hinunter lächelnd, den Weg in sein Büro. Juliane konnte beobachten, wie er sich die ganze Zeit die Hände rieb, eine Geste voller Entschlusskraft, die ihm gänzlich abging. „Es tut mir Leid,

wenn ich Ihre Gefühle verletzt habe". - „Bitte, was?"
- „Entschuldigen Sie, ich wollte Ihnen ja nicht zu
nahe treten". Vor Juliane stand ihr Kunde und schaute gramerfüllt zu Boden. „Aber das haben Sie nicht",
wehrte sie ab und schaute ihn an, als habe sie ihn so-
eben erst bemerkt. Nach einer Pause fragte sie
schließlich: „Haben Sie denn schon gegessen? Gehen
Sie doch im Restaurant schön speisen, überdenken
Sie alles in Ruhe noch einmal und kommen dann zurück". „So machen wir es", sagte der Herr dankbar,
lächelte sie an und kam nicht wieder.

Die Hände des Herrn Teuterich

Juliane hielt es heute nicht mehr aus. Sie würde nun
wieder dorthin gehen, oder, was wohl eher zutraf,
sich dorthin schleichen. Nein, würde sie nicht, das
war ja nicht gesund, überdies hatte sie mit diesem
Unsinn, Stefan aufzulauern, längst aufgehört und dabei blieb es. Aber da hatte sie den Hauptgang bereits
gequert und war schräg gegenüber bei den Regalen
voller Treteimer, Toilettenrollenhalter, WC-Bürsten
und Wannentabletts angelangt. Hier Kollegen in die
Arme zu laufen war kaum zu befürchten. Die Damen
aus der Badeabteilung waren für ihre Pausenpolitik
berüchtigt, und dafür, dass sie Kritik daran mit Hin-

weis auf ihre Rekordumsätze erfolgreich abbügelten. Und sie hatten natürlich das Nichts, in dem Stefan nun gerade langen Schrittes entschwunden war.

Das Nichts betrat man durch eine ungekennzeichnete Tür. Nur von Eingeweihten zu entdecken, beherbergte es ein Personal-WC mit rechts und links einer Toilette und einer Waschmöglichkeit dazwischen, mit einem, - ehrfürchtig zur Kenntnis genommen - , funktionstüchtigen Warmwasserhahn. Des weiteren barg es, hinter dem Reinigungsplan auf dem Papierspender versteckt, einen handlichen Spiegel, der auf der Ablage über dem Waschbecken abgestellt, Frisurenrekonstruktionen ermöglichte, auch dank des praktischerweise beiliegenden Kammes. Juliane war nicht klar, ob Stefan davon wusste, aber deswegen war er auch nicht hier. Er wusch sich unter leisen Behagenslauten einige Minuten lang die Hände und brauchte dann noch eine Weile, um den mitgebrachten Seifenrest wieder zu verstauen, während sich Juliane draußen ungeduldig an einem quietschenden Ständer mit Badematten zu schaffen machte.

Endlich trat er so plötzlich wieder heraus, dass sie zusammenschrak, wodurch er sie sogleich bemerkte. „Oh, Frau Saltur!" - „Ach, Herr Teuterich..." -, sie waren beide – bloß kein Gerede - auf äußerste Dis-

kretion bedacht, „da treffe ich Sie endlich", rief er
also extralaut, „Sie sollen ja heut' morgen wieder ein
ganz dickes Ding...". Er brach ab, weil ihr da bereits
die Augen überquollen, schaute sich unsicher um
und flüsterte, „ Oh Gott, Juliane, was ist denn?" Sie
stammelte etwas von ihren Nerven und von ihrer
Furcht, heute noch durchzudrehen. Daraufhin legte
er seine Hand vorsichtig auf dem kleinen Waschbecken von Villeroy & Boch ab, dass hier keinem Ver-
kaufszweck diente, sondern als Dekoration an einer
Kunststoffwand angebracht war und unter Hand-
tuchhaltern, Seifenspendern und Ausziehspiegeln
fast verschwand. Beide schauten sie nun, stumm geworden, auf seine langen, sauberen und ebenmäßi-
gen Finger mit den schneeweißen Rillen und den Na-
gelbetten, die zart bläulich schimmerten. „Aber Juliane, es gibt doch gar keinen Grund...", Juliane hörte
ihn kaum, „also wirklich nicht. Du bist doch hier
mein bestes Pferd im Stall". Zwar sah sie sich nicht
gern als Pferd und Ställe sagten ihr gleich gar nichts,
aber er machte mit der Hand eine kleine, zärtliche
Geste in ihre Richtung und das half.

Mit dem Taschentuch, das er ihr konspirativ
reichte, schnäuzte sie sich fast lautlos und hatte ihren
Anfall damit überwunden. Es war schon erstaunlich.
Da hatten Johann Friedrich Böttger und Ehrenfried

Walter Graf von Tschirnhaus unter der Knute des starken August ein widerstandsfähigeres Porzellan zustande gebracht als die Chinesen, aber hier hätten sie sich die Augen gerieben und die Köpfe geschüttelt. Da war der unerreichte Blauschimmer des Chinaporzellans Hunderte Jahre später, über achttausend Kilometer von Fujian entfernt, wie durch ein Wunder wieder aufgetaucht. Auf der frisch gewaschenen Hand des Abteilungsleiters.

„Hör zu, Juliane, wir machen es so", zischelte Stefan nun hektisch, während sich Juliane wirklich wünschte, bessere Ohren zu haben. „Um halb sieben an der Haltestelle und wir machen uns einen ruhigen Abend in Marienfelde. Geht das in Ordnung?" Eigentlich hätte sie heute einen ruhigen Abend zu Hause gebraucht, aber jetzt nicht auf sein Angebot einzugehen, wäre wohl undankbar. „Geht in Ordnung, halb sieben", flüsterte sie deshalb zurück und wusste, sein dunkler Mercedes würde sie abends aus einer Seitenstraße heraus aufsammeln, wo sie der Form halber an einer Haltestelle auf den Bus wartete. Dann wurden beide von den giftigen Blicken der ansässigen Kollegin vertrieben.

In die Porzellanabteilung zurückgekehrt wusste Juliane nicht, was sie mehr erschreckte, die verquollenen Augen, die ihr aus dem Taschenspiegel entgegen starrten oder Uschi Adlboden, die - „Puh, ist das ein Tag. Gehen wir auf einen Kaffee?" - hinter ihr auftauchte. Frau Hartmann-Pracht protestierte, Uschi biss sie kurzentschlossen aus dem Weg und Juliane, die benommen hinterher lief, staunte einmal mehr, wie die junge Kollegin unerschrocken in der Hackordnung mitmischen und im selben Moment Allianzen schmieden oder tränenrührig Anteil nehmen konnte. Man respektierte sie und achtete tunlichst darauf, Uschi nicht in der Nähe zu haben, während man „Bayerntrampel" flüsterte. „Die ollen Schnepfen sind doch kein Problem, die sollen sich nur vorsehen", meinte sie leichthin, von Juliane auf ihre Durchsetzungskraft angesprochen, „verrat' du mir lieber mal, wie du es schaffst, dass dir die Leute den halben Laden abkaufen, wo sie bei mir um jeden Aschenbecher feilschen!" Da stecke nun rein gar nichts dahinter, versicherte ihr Juliane. „Du schaust einfach, was zu wem passt und sorgst dafür, dass der Kunde es nicht übersieht!" Auf Visionen hoffend schloss Uschi die Augen und riss sie gleich wieder auf, um Julianes Ausführungen weiter folgen zu können. „Von wegen einfach", sagte sie und beide mussten lachten.

Juliane fand es spannend, wie selbstverständlich die Münchnerin Dirndl und Trachtenjanker trug, sich ihre enzianbedruckten Tüchlein um den Hals schlang und nach ihrer Filztasche griff, auf der ein Hirsch röhrte. Heimlich bewunderte sie die Art, wie Uschi Bemerkungen, damit sei sie wohl selbst daheim eine der Letzten ihrer Art, auflachend bestätigte. Für die Kollegin waren ihre Kleider Heimat auf der Haut. Sie winkte nur müde ab, wenn jemand sie damit zur Trendsetterin stempeln wollte, und sagte etwas, das klang wie „des glabsd selbst ned". Tat auch niemand.

Es gab einige Cafés, die sich über das Kaufhaus verteilten, aber die beiden steuerten zielsicher auf das am besten versteckte zu, das hinter der Strumpfabteilung in einem Eckchen untergebracht war. Es war nicht mehr als eine winzige, spärlich beleuchtete und von drei Tischen umringte Theke, an der, wenn überhaupt, Überraschungsgäste saßen. Die wunderten sich, wenn ihnen zwischen Wollsocken und Nylonstrumpfhosen Adriano Celentano ins Ohr raunte und waren dem Gesang gefolgt. Juliane fragte sich jedes Mal, ob die überteuerten Croissantzwerge echt waren, aber der dunkle, grimmige Kaffee in den Mokkatassen, der von einem fast verbrannten, unsagbar köstlichen Keksbröckchen begleitet wurde, war es bestimmt. Ohne Umstände ließ sich Uschi jammernd in einen der Plastikstühle fallen und massierte sich unter dem Tisch die Füße. „Dieses Stehen bringt mich um", sagte sie „und an meine Haut denke ich bei der Luft lieber gar nicht. Im Spiegel sehe ich aus wie vierzig!" Neiderfüllt schaute sie Juliane an. „Du schwebst hier durch wie ein Engel und siehst morgens aus wie abends. Dabei bist du ganz schön viel älter als ich!". „Lass mal", sagte Juliane, „Lass' mich nur hier rauskommen. Da braucht's nicht mal einen Fallout, ein paar Tropfen reichen und ich sehe aus wie aus dem Sumpf gezogen!" Uschi lachte und wurde sofort wieder ernst. Juliane biss sich auf die Lippe. Mein Gott. Draußen ging nach den Explosionen im Kernkraftwerk Tschernobyls gerade die Welt unter und ihr fielen als erstes ihre blöden Haare ein, warum hielt sie nicht den Mund? Arme Uschi. Sie, bei der man sofort an blühende Bergwiesen denken musste, stand Qualen aus, weil radioaktive Wolkenbrüche vielleicht gerade in diesem Moment die Wiesen heimsuchten.

Kein Wort mehr zu dem unsäglichen Reaktorunfall, nahm sich Juliane vor. „Verstehst du, warum die so ein niedliches Café hier zwischen die Strümpfe packen?" Nein, das blieb auch Uschi ein Rätsel. Gemeinsam überlegten sie, wie umsatzfördernd eine solche Einrichtung oben in der Porzellanabteilung wäre. „Das gleiche Dekor wie auf dem Tisch als Set in Tüten neben der Kasse", rief Uschi enthusiastisch, „das würden sie uns aus den Händen reißen. In null Komma nichts wären wir gemachte Leute!". Weiter kamen sie mit ihren Plänen nicht, die Pause war vorbei.

Als sie schweigend nach oben liefen, fiel Juliane auf, wie blass Uschi war. Lag es an diesem Mozartzopf von einem Freund, der Grund, warum sie ihr geliebtes München hatte sausen lassen? Juliane hatte gesehen, wie der Typ Frauen und Männern gleichermaßen windig hinterher lächelte und traute ihm keine Hand breit über den Weg. Also, wenn Uschi ihre Tochter wäre... „Hätt' ich fast vergessen", sagte diese, „Ich war vorhin im Lager. Dreimal darfst du raten, wer dich grüßen lässt. Und dir ausrichten lässt, dass er dich schmerzlich vermisst". Ach ja, Anwar. Den gab es ja auch noch.

Marienfelde

Aber nicht mehr heute. Als Juliane im Lager noch einmal nachsah, brannte dort kein Licht. Die wenigen Leute, die jetzt noch durchs Kaufhaus liefen, wollten scheinbar sämtlich telefonieren und bildeten an allen Apparaten, die sie aufspürte, kleine Schlangen. So kam Juliane nicht dazu, Jamilah aus dem

Kaufhaus anzurufen, um ihr mitzuteilen, dass sie über Nacht fortblieb. Unterwegs wollte Juliane den todmüden Stefan nicht noch auffordern, irgendwo zu halten. So schnurrten sie durch bis zu Stefans Bungalow in Marienfelde, seinem Elternhaus, das er seit seiner Trennung von Frau und Kindern allein bewohnte.

Als sie zum ersten Mal hierher gekommen war, hatte Stefan Juliane gebeten, sich bloß nicht zu genau bei ihm umzuschauen, er käme nicht zum Aufräumen. Sie hatte versichert, gar nicht hinzusehen. Wenn er wüsste, wie es bei ihr... - aber dann blieb ihr die Spucke weg. Durch die geräumige Diele bahnten sie sich einen schmalen Weg durch etliche, dort gestapelte Kisten. Ein Fenster gestattete einen Blick auf die überdachte Terrasse, deren Platz bis auf den letzten Millimeter eine voluminöse Sitzgruppe einnahm – Dreisitzer, Zweisitzer, Sessel plus Blumenkübel, die alle miteinander einen zu großen Couchtisch bedrängten. Bevor Juliane sich fragen konnte, wo man dort seine Beine ließ, fiel ihr Blick auf die in den Garten abgeschobene Hollywoodschaukel, zwei Strandkörbe und ein paar zarte, schmiedeeiserne Stühle rund um ein weiteres Tischchen. Ein Ast des einzigen Baumes im Garten schien durch einen frei schwingenden Sitz, der daran baumelte, bis zum Äußersten gefordert, der Stamm steckte in einer ihn umrundenden Bank fest. In den Gartenecken türmten sich weitere, von Planen verdeckte Berge. Juliane erinnerte sich, wie sie einmal eine flüchtige Bemerkung Stefans für einen schlechten Scherz gehalten hatte. Dieser sagte, natürlich müssten die Kinder im Garten ausreichend spielen dürfen, nur könne man dann dort eben nicht mehr sitzen. An dieser Stelle hatte Juliane damals beschlossen, sich da nicht weiter einzumischen.

Was nicht so leicht war, denn im Haus ging es kaum besser zu. In jedem der Zimmer, egal wie klein oder schlecht geschnitten, stand ein Doppelbett, außerdem fand Juliane zwei Schminktische vor, neben etlichen Sekretären vor Bürostühlen, an denen teilweise noch die Etiketten hingen. Leere Regale an den Wänden dienten als Ablageflächen für die eingetroffene Post. Zwei teuer aussehende Vitrinen in dem großen Wohnzimmer hingegen waren bis zum Rand gefüllt mit allem, was der Markt an gutem Porzellan hergab, das unvermeidliche Maria von Rosenthal natürlich, daneben unter anderem das brandneue Service 'Fleuron-Chloé', mit Karl Lagerfelds Dekor 'Printemps' von Hutschenreuther. Aber auch Teile der Meissner 'Roten Rose' mit Goldrand waren vertreten und von KPM ein stolzes 'Halle'-Ensemble.

„Willst du ein Museum aufmachen?", war es aus Juliane herausgefahren, worauf ihr Stefan einen vernichtenden Blick zugeworfen hatte. Eigentlich liebte sie seine intensiven Blicke, doch der, der nun folgte, war selbst ihr zu lang. Dabei hatte er auffallend leise gemeint, ihm fehle doch lediglich die Zeit, um alles schön herzurichten. Aber wenn es einmal soweit wäre, dann wolle er keinesfalls feststellen, dass etwas fehlte und noch einmal losmüssen. Nein, nein. Sie schaute scheu zur Seite, das müsste er ja nicht. Das müsste er nicht.

Juliane war wohl kaum der Mensch, der anderen vorschrieb, wie sie leben sollten. So kuschelte sie sich wie sonst in seinem Bett notdürftig zurecht und rief vom Nachttisch aus Jamilah an. „Jamilah? Hier ist die Mamma. Du, hör mal zu, ich...", - Gekruschel ... .- „Ist Andreas etwa noch bei dir?" - „Nein, Mamma!" - „Gut. Also, ich komme heute nicht nach Hause. Essen ist noch reichlich da, du machst dir etwas warm". - „Ja, Mamma". - „Falls etwas ist..." - „Schon in Ordnung, Mamma", fiel ihr Jamilah hastig ins Wort. „Ich meld' mich, wenn was ist!". Klick. „Wie denn bitte?", fragte Juliane nach einer verblüfften Pause den Hörer. „Sie hat doch gar nicht die...". Sie drehte sich zu Stefan um, der schon ewig an seiner Fernbedienung herumbastelte und vor sich hin brummte, die Privaten sendeten wie versprochen bloß Mist. Vielleicht lag es daran, dass seine schönen Finger sich nicht besonders geschickt anstellten, überlegte sich Juliane, da rief er schließlich „Na, kein Wunder!". Die Fernbedienung in seinen Händen gehörte zu dem Gerät unten im Wohnzimmer, wütend tappte er hinaus.

Sich allein in der Stille fürchtend, rauschte es Juliane sofort durch den Kopf, dass sie ein Jahr Lagerhaft bei Anwar im Kaufhaus wohl einer einsamen Nacht in diesem Lager hier vorziehen würde. Na, Gott sei dank gab es kein Gerät, das – 'meep-meep' - ihren Gedankenfrevel jetzt verpetzte, sonst könnte sie einpacken. Umgekehrt allerdings würde ihr Gerät hier gar nicht mehr aufhören zu piepen, Stefan wäre das Geschäft ihres Lebens. Au weia. Hatte man mit dem Unsinn erst einmal angefangen, ließ er sich kaum noch stoppen.

Da Juliane nicht wusste, ob sie lachen oder weinen sollte, barg sie ihr Gesicht kopfschüttelnd in den Händen. So fand Stefan sie, als er endlich zurückkam. „Juliane, entschuldige", sagte er und küsste sie umständlich aufs Haar. „Ich bin so hundemüde, ich möchte nur noch schlafen". Das ging ihr doch genauso und so sanken sie beide zurück.

In dieser Nacht plagte Juliane ein furchtbarer Albtraum. Ihr Kunde, der Geologe vom Nachmittag, hatte herausgefunden, dass Jamilah zur Hälfte Chinesin war und schickte sich nun an, sie beide umzubringen. In wilder Flucht durch die finsteren, verlassenen Kaufhaushallen entkamen sie ihm nur, weil er zum Lager abbog, um dort nach Öl zu bohren, das brachte sein Beruf so mit sich. Auf einmal war er wieder hinter ihnen her, riss sich die Pilotenbrille von der Nase und drohte, grässliche Fratzen schneidend, er könne jeden Chinesen auf zehn Meilen riechen. Spätestens jetzt, rief Jamilah ihrer Mutter zu, wäre es nützlich, endlich Bescheid zu wissen. Hier erwachte Juliane schreiend und fing sich gleich noch einen schmerzhaften Klaps des zu Tode erschrockenen Stefan ein. Beide starrten einander im Dunkeln aufrecht sitzend im Bett an. „Es tut mir sehr Leid, Juliane", sagte Stefan, „aber ich brauche wirklich etwas Schlaf". Ob sie vielleicht ausnahmsweise woanders - Schlafgelegenheiten gab es ja genug. Noch während sie beratschlagten, schliefen sie wieder ein.

Watteau, Dante - oder doch das alte Füchslein?

Am nächsten Morgen wieder in der Porzellanabteilung fühlte sich Juliane, als hätte eine Riesenhand sie umstandslos Stefans Bett entrissen und im hohen Bogen zurück ins Kaufhaus geworfen. Nur unter beträchtlichen Mühen hielt sie heute die Augen offen. Was zum Teufel war aus Stefans Angebot morgens in der Küche geworden, sich Kaffee zu machen und mitzunehmen? Vor Julianes innerem Auge erschien zögerlich eine Reihe verschieden großer und farbiger Thermoskannen, in denen zum Teil noch Zettel mit der Aufforderung klemmten, sie heiß auszuspülen. In der Küche hatte sie das auf dem Absatz kehrt machen lassen, aber jetzt käme ihr eine Thermoskanne voll Kaffee wirklich gelegen, ausgespült oder nicht. Auch im Bad hatte es Juliane kurz gemacht, aus Furcht, unschlüssig zu viel Zeit mit dem Überangebot zu vertrödeln. Musste ihr das jetzt bereits Leid tun? Sie schnupperte argwöhnisch. Irgendetwas roch hier mehr als streng. War sie das etwa selbst? Aufmerksam geworden schaute sich Juliane nach ihren Kolleginnen um, um diese um ein Deo zu bitten, da sah sie eine graue Gestalt schattenhaft hinter den Regalen verschwinden. Ojeh. In aller Frühe hatte sie ein Schleicher heimgesucht.

Die Schleicher hatten ihren Namen weg, seit Uschi einst fürchterlich vor einem von ihnen erschrocken war und unwillkürlich „Schleich di!" ausgerufen hatte, eine bayerische 'Hau ab'-Version. Mit dem daraus entstandenen Spitznamen 'Schleicher' waren zumeist ältere, mindestens ungepflegte, wenn nicht obdachlos wirkende Männer und Frauen gemeint, die von der Großstadt ins warme Kaufhaus gespült wurden und die sich dort ein wenig die Zeit vertrieben. Da sie offiziell als Kunden galten und sich jemand an der Bezeichnung hätte stoßen können, waren die Kolleginnen übereingekommen, sich im Fall des Falles auf den fiktiven ehemaligen Generaldirektor Dr. Schleicher herauszureden, dem das Schicksal übel mitgespielt und mit dem man den echten Schleicher dann eben verwechselt hätte.

Mit der üblichen Mischung aus Zorn und Mitgefühl starrte Juliane nun der schattenhaften Gestalt hinterher, die, wie sich herausstellte, zu einer Schleicherin gehörte, einer kleinen, weißhaarigen Alten im beigebraunen Regenmäntelchen, die sich jetzt, unsichere Blicke zurückwerfend, mit hastigen Trippelschritten entfernte. Juliane kannte sie, unterhielt sich auch manchmal nett mit ihr, hatte aber in ihrem frühmorgendlich desolaten Zustand keine Nerven und war froh, sie wieder los zu sein. Als sie sich abermals umdrehte, stand ihre Kollegin Heidelinde Greuner da und drückte ihr eine Tasse Kaffee in die Hand. „Das ist das Wetter, Kindchen. Das macht einen fertig und die Schleicher geben einem den Rest."

Dankbar lachend nahm Juliane das Friedensangebot an.

Während sie halb von der Kassentheke verdeckt ihren Kaffee schlürfte, kam Juliane langsam zu sich. Wieder und wieder sah sie die alte Schleicherin vor sich weglaufen, mit ihren ungelenken Stockbeinen in den halbhohen Schnürstiefeln. War es denkbar, dass sie, Juliane, in dieser rauen Welt allmählich verrohte? Was hatte ihr die alte Dame denn getan, vielleicht war sie gar keine Schleicherin, sie roch einfach so, wie man vermutlich roch, wenn man alt war. Und selbst wenn sie doch eine war – konnte das nicht jeden treffen und fürchteten sich nicht im Grunde alle davor? Juliane fragte sich, wie viel sie in dem alltäglichen Kampf hier von der Welt überhaupt noch mitbekam.

Jamilah fiel ihr ein, die vor einigen Tagen in der Küche einen heftigen Weinkrampf erlitten hatte. Das war äußerst ungewöhnlich. Ihre Tochter weinte fast nie und auf die Pubertät konnte man es auch nicht schieben, weil diese an Jamilah ähnlich unauffällig vorbei zog wie einst an Juliane selbst. Mal ein Pickelchen im Gesicht, die zarte Gestalt formte sich kaum merklich weiblicher, das war alles. Das konnte es nicht sein, aber was war es dann?

Sie hatte aus Jamilah nichts herausbringen können und machte sich nun hier, Schluck für Schluck, so ihre Gedanken. War es vielleicht noch das alte Füchslein?

Der altmodische kleine Spitz mit dem rötlich-braunen Fell war Seite an Seite mit Jamilah aufgewachsen, doch während diese mit 14 Jahren erblühte, waren die Tage des hysterischen kleinen Hundegreises naturgemäß gezählt gewesen. In fortgeschrittenem Alter kannte das Füchslein vor allem zwei Daseinszustände. Entweder saß es starr und aufrecht da wie eine nicht ganz gelungene, weil zu steif geratene Tierfigur des großen Porzellanmodellierers Johann Joachim Kaendler und nur sein Zünglein zitterte leise. Oder es verausgabte sich restlos in Kläffanfällen, von denen Mutter und Tochter noch heute die Ohren klangen und dem entnervten Mietshaus, in dem sie wohnten, gleich mit. Regelmäßig erschien die Nachbarin mit der Bitte, das Tier doch endlich zu „erlösen", der Applaus des Hauses sei ihnen sicher, bis Juliane ihr eines Tages Ohrstöpsel in die Hand drückte und meinte, bei dieser Lösung müsse keiner sterben, übrigens auch dann nicht, wenn es in den Schlafzimmern ringsum wieder hoch her ginge. Hochrot im Gesicht und ohne etwas zu erwidern war die Nachbarin wieder abgezogen, worüber Juliane und Jamilah immer noch lachten.

Das Füchslein war eben wie es war und genau so hatten die beiden es inniglich und trotz allem geliebt. Es hatte sie zusammengeschweißt, wenn sie abends stoisch gemeinsam den Elementen trotzend mit ihm Gassi gingen, aller Diskussionen müde, wer von ihnen sich nun dem Schmargendorfer Dunkel aussetzen sollte, während sich ihr Hündchen von Baum zu Baum schnupperte.

Und es hatte ja auch Spaß gemacht, das Füchslein an den lüsternen Nachbarn vorbei die Stufen hochzutragen wie die Hofdamen, wobei der Kleine knurrte, was der winzige Leib hergab. Ihm musste niemand erklären, was es hieß, der einzige Beschützer im Haus zu sein, alles gebend und in gnädiger Unkenntnis seiner Möglichkeiten. Eines Nachts hatte sein tapferes Herz aufgegeben und ihn zu ihrer Überraschung sanft entschlafen lassen. Jamilah hatte ein letztes Mal ihre Nase in den dichten Pelz gedrückt und gemeint, er dufte wie immer nach Pistazien, wobei sie beide geheult hatten wie die Schlosshunde. Leicht war es nicht gewesen, aber das Füchslein hatten sie verarbeitet, fand Juliane.

Dann lag es vielleicht doch noch an Opa? Julianes Mutter Hertha hatte Instinkt bewiesen, indem sie es lange im voraus ahnte, dass ihr Mann mit kaum siebzig gebrechlich wurde. So stellte sie alle Bedenken hinten an, was gute Ställe anging, aus denen man ihrer Ansicht nach unbedingt kommen musste und setzte Tochter wie Enkeltochter kurzerhand für einen Großteil der Pflege ein. Ihr eigenes Vorgehen war so praktisch wie unmenschlich, an ihrer Seite verließ ihr Mann die Wohnung nicht mehr. Zugegebenerweise war es irre umständlich, seinen Rollstuhl in den uralten Fahrstuhl vor der Altbauwohnung zu wuchten und während sich dieser aufreizend langsam nach unten bewegte, zu beten, dass er nicht den Geist aufgab und steckenblieb. Juliane und Jamilah taten es sich trotzdem bei jedem Besuch an und schoben Opa dann glücklich ein paar Stunden durch den stillen Grunewald, futterten auf der Parkbank Pausenbrote und freuten sich bei Regen auf Kuchen im Café am Hagenplatz.

Durch diese Nachmittage mit Zuversicht erfüllt, plante der alte Saltur einen ungeheuerlichen Vorstoß und sagte beim Kaffeetrinken noch in der Wohnung mit sorgfältig geleertem Mund „Watteau!", verschluckte sich, hustete wie wild, wiederholte aber hartnäckig „Wir müssen heute zu Watteau!". Dabei kramte er aus der Sesselritze einen zerknitterten Zeitungsartikel hervor, den er vor seiner Frau - „Gib' her, das bringt doch alles nichts!" - erfolgreich beschützt hatte. Juliane wusste noch, wie sie das Papier sprachlos und gar nicht erfreut gedreht und gewendet hatte, von Jamilah großäugig überwacht. Sie hatten kein Auto und mit Opa samt Rollstuhl auf eine Ausstellung ins Schloss Charlottenburg, wie sollte das denn gehen? Es war Herthas spöttischer Blick gewesen, der sie sich dann rasch auf ihres Vaters Seite schlagen ließ und sicher hatte sie auch die Dringlichkeit dieser letzten Chance intuitiv gespürt.

Jedenfalls hatten sie keine Zeit verloren und waren aufgebrochen. Zunächst war alles wie sonst, nur dass sie dieses Mal ein Ziel hatten, nämlich die Bushaltestelle in der Königsallee. „Falls der alte Herr mit soll, wir sind nich' rampentauglich!", informierte der Busfahrer Juliane, als sie eben bezahlen wollte. Im Klartext hieß das, zwei oder besser vier Leute hätten Opa samt Rollstuhl den satten halben Meter der Einstiegsstufe hochwuchten müssen. „Ick habe Busfahrn studiert, dett muss reichen", winkte der Fahrer gleich ab und zwei picklige Jünglinge schauten ostentativ weg, als eine Frau „Jungs, nu packt doch mal mit an!" ausrief. „Denn brichste dir den Rücken und kannst dich gleich dazu setzen", monierte ein übergewichtiger Mann. „Für sowat jibt's extra Behindertenbeförderung. Is nich nett, damit den janzen Bus uffzuhalten!". „Vorsicht, junga Mann, wir werrn alle ma alt!", rief ein anderer, bei dem das nicht mehr lange dauern konnte. „Ach, sind wa wieda soweit, dass man nischt mehr sagen darf?" - „Bei dem Ton is sowieso allet verboten". In diesem Stil ging es hin und her, ansonsten passierte wenig. Immerhin ließ sich der Busfahrer herab, eine Taxe zu rufen und unter gegenseitigem Angeknurre fuhr der Bus davon.

Der Taxifahrer sah beim Aussteigen auch alles andere als begeistert aus, ihn beschützte jedoch kein Mob, der sich einmischte, und so wurde er von Mutter und Tochter mit Blicken bezwungen. Opa hatte alles hellwach verfolgt, er sagte kein Wort, nur seine wässrigen Augen wanderten aufmerksam von einem zum anderen. Einst ein hoch gewachsener Mann mit langen, starken Knochen wog er auch jetzt beachtlich viel, als sich der Fahrer anschickte, ihn aus dem Rollstuhl heraus auf die Rückbank des Taxis zu hieven. „Ick wusste", ächzte es unter dem alten Herrn hervor, „ick wusste, der Tach wird nüscht!"

„Et jibt ja Leute, die meckern bei dem Theater noch über Aufpreis!" rief der Fahrer später drohend und warf wütende Blicke in den Rückspiegel, während er den Wagen anließ. Da hatte Juliane neben ihm bereits entschieden, ihm die Tour zu vergolden, insbesondere, da sie ihn auch auf dem Rückweg würden brauchen müssen. Aber als sie endlich glücklich in der Ausstellung ankamen, schlug die Stimmung um. Opa räusperte sich und krabbelte sich in seinem Rollstuhl zurecht, Jamilah hüpfte ausgelassen umher und auch Julianes Laune besserte sich in den hohen, lichten Schlossräumen. Die Gemälde und Zeichnungen von Jean-Antoine Watteau, einem französischen Maler des Rokoko, taten ein übriges. In verwunschenen Parklandschaften, umgeben von Träumen entlehnten Ruinen tummelten sich illustre Gesellschaften mit Damen in silbrig weißen Bauschekleidern und ebensolchen Lockentürmen auf dem Kopf. Auf der „Einschiffung nach Kythera" wurden die Herrschaften von jeder Menge nackter, beflügelter Kleinkinder umschwirrt, wie Juliane und Jamilah belustigt feststellten, „Amoretten sind das", sagte Opa. „Mami, war ich auch so ein dickes Flugbaby?", fragte Jamilah. - „Nein, warst du nicht".

Zu den idyllischen Festen unter den zartblauen Himmeln wollte nur der Meister selbst nicht so recht passen, der ihnen aus seinem Bildnis dünn, bleich gepudert und traurig entgegen schaute, was Opa Saltur veranlasste zu zitieren: „Von ungemeiner Lieblichkeit ist dieser Blumen Weiß. Es bricht auf manche Weise sich das Licht, wodurch wir, da bei so viel Höhen, die ein schneeweißer Glanz bestrahlt, auch eben so viel Tiefen sehen." „Opa, ist das von dir? Oder von Watteau?" Es war nichts davon, sondern stammte von einem Zeitgenossen Watteaus, einem deutschen Dichter namens Barthold Hinrich Brockes. Aber es passte sehr gut, fanden sie nicht? Diese Namen, dachte Juliane still bei sich, diese Namen.

Aber warum überhaupt zu Watteau? Nur ein paar Schritte von den Ausstellungsräumen entfernt, gab es im Schloss Charlottenburg seit Jahr und Tag ein riesiges Porzellankabinett zu besichtigen. Juliane konnte sich nicht erinnern, mit ihrem Vater jemals dort gewesen zu sein, obwohl ihrer beider Leben doch um kaum etwas anderes so sehr kreiste wie um Porzellan. Erst im Rahmen ihrer angefangenen und später abgebrochenen Ausbildung bekam sie das Kabinett zu Gesicht. Und erst jetzt, bei ihrem Ausstellungsbesuch und viele Jahre später, hatte Juliane plötzlich eine Ahnung davon bekommen, warum ihr Vater darauf verzichtete, in diesen Prunksaal geschoben zu werden. Denn hier, in diesem erzpreußischen Schloss, standen sie versammelt, etliche wunderschöne Stücke aus der frühen Meissener Manufaktur zusammen mit den über hundert Vasen aus China, die der porzellansüchtige sächsische Kurfürst August vom Preußenkönig Friedrich Wilhelm dem Ersten erhalten und dafür ein ganzes Reiterregiment hergegeben hatte. Dessen Sohn, Friedrich der Große, hatte nach dem Tode Augusts nicht lange gefackelt, Sachsen überfallen und Dresden mitsamt dem naheliegenden Meißen eingenommen, übrigens unter Zuhilfenahme des ja nun seinem Befehl unterstehenden 'Porzellanregiments'. In Sackkarren traten die Vasen aus Augusts geplündertem Kabinett und das nicht rechtzeitig beiseite geschaffte Porzellan aus der schon damals weltberühmten Manufaktur ihre Reise ohne Wiederkehr an. Und hier standen sie nun, wie ein gigantischer Altar auf tönernen Füßen, die Beutestücke, die daran erinnerten, wie viel die Berliner Königliche Porzellan Manufaktur Meißen verdankte und wodurch.

Denn nicht nur das Porzellan selbst war in der zweiten Hälfte des 18. Jahrhunderts nach Preußen gelangt, sondern auch viele der Menschen, die es herstellten, teils durch Zwang, aber auch durch das Versprechen neuer, besserer Lebensbedingungen. Und war nicht auch Opa Saltur einer von ihnen, ungeachtet der zweihundert Jahre, die seither verstrichen waren? In den ersten der Weltkriege hineingeboren, hatte er den zweiten nur knapp und innerlich tief zerrüttet überstanden. Den müden Rest seines Lebens wollte er nicht dem Aufbau des Sozialismus widmen und kehrte Sachsen und der Ostzone 1958 mit Frau und Tochter den Rücken. Eine triftige Entscheidung, welche ihm an diesem besonderen Ort dennoch vorkommen musste wie ein Verrat.

Ganz anders bei Watteau. Hier konnte es Paul Saltur kaum erwarten, vor ein ganz bestimmtes Bild gerollt zu werden. Es hieß „Der Traum des Künstlers" und unterschied sich beträchtlich von den anderen. Auf dem Gemälde wurde in einer ockerfarbenen Wirklichkeit ein Maler neben seiner Staffelei von einer aus heiterem Himmel herabsteigenden Schauspieltruppe heimgesucht, die dem Betrachter offensichtlich bekannt vorkommen sollte. „Hier steht, dass gar nicht sicher ist, ob Watteau dieses Bild überhaupt gemalt hat", rief Jamilah und ihr Großvater bestätigte „Genau. Aber das ist nicht der Punkt. Wen stellen diese Menschen denn dar?". Er gab selbst die Antwort und nur für Jamilah war sie neu. „Das sind die Figuren aus Dantes Commedia dell'arte". Seine wasserhellen Augen flogen zu seiner Tochter hinüber, die nickte.

Hier kamen sie beide ohne Worte aus. Nicht nur 'Pedrolino', wie Juliane Jamilahs Vater genannt hatte, gehörte zum geistreichen Liebesreigen des mittelalterlichen Dichters Dante Alighieri, sondern auch sie selbst, von ihrem Vater stets mit der 'Harlekinette' verglichen, als junges Mädchen und nach ihrem Liebesdrama mit Pedrolino erst recht. Die Harlekinette war die lebenslustige Frau des stets zu Streichen aufgelegten Harlekins.

Die Schautruppe, scheinbar einfachem Landvolk nachempfunden, machte an den europäischen Höfen des frühen 18. Jahrhunderts Karriere. Von Bühnen und Wänden stiegen die Figuren herab, erwachten bei opulenten Kostümfesten zum Leben, indem sich Gräfinnen wie Gardeoffiziere verzückt verkleideten - „das war damals ein einziger Karneval", hallte Opas Stimme durch den Saal – und schließlich landeten sie *en miniature* und aus Porzellan auf den ausladenden Tafeln der Festbankette, um das überbordende Naschwerk der Zuckerbäcker noch zu übertreffen.

Hätten auch Sachsens Obere mit den verliebten Schäferpärchen auf ihren Tischen kaum weniger gemein haben können, so mochte es sie doch zeitweise davon ablenken, dass sie einen Dünkel pflegten, für den im selben Jahrhundert in Frankreich die Köpfe rollten, dass sie für ihren Pomp Menschen ehelichten, die sie nicht liebten und in ungewollte Kriege zogen. Und sie verhalfen Meißens Porzellan zu ungeahnter Blüte. Die ganze Zunft hatte seinerzeit von der Schaffenskraft des Hofmodellierers Johann Joachim Kaendler profitiert. Sternförmig von Sachsen aus gründeten sich überall in Europa Manufakturen,

Doccia und Capodimonte in Italien, die von du Paquier in Wien, Nymphenburg in Bayern, Vincennes und später Sèvres in Frankreich, Royal Copenhagen in Dänemark, Wedgwood im englischen Staffordshire und so weiter und so fort. Der Großvater hatte gar nicht mehr aufhören können zu erzählen und Jamilahs Augen leuchteten, als befänden sie sich in einem Spiegelsaal. So wie sie war, ihr unvermeidliches Palästinensertuch um den Hals geschlungen, hätte Julianes lockenköpfige Tochter ohne weiteres in einer Watteau'schen Zeichnung Platz nehmen können.

Und erst hier, hatte Juliane einige Zeit später rückblickend verstanden, hatte für ihren Vater Versöhnung stattgefunden zwischen dem stolzen Preußen, dessen Verkniffenheit sich zu Stille und Licht gewandelt hatte und dem von eigener Höhe berauschten und tief gestürzten Sachsen. Erst hier, in Gestalt seines Enkelkindes, der umher tanzenden und sich drehenden Jamilah, fand beides zusammen.

Etwas mehr Freiraum

Aus den Augenwinkeln heraus sah Juliane einen großen, etwas gebeugt gehenden Herrn an sich vorbeiflanieren, der in vertrauter Manier die Faust der einen in der Fläche der anderen Hand rieb. Ein paar

Haare mehr, einige Lebensjahre weniger und es hätte Stefan sein können. Ohne zu überlegen stellte sie die Kaffeetasse hinter der Theke lautlos ab und sich selbst dem Mann in den Weg. „Bitte nicht erschrecken, ich habe etwas für Sie!"

Schon wollte sich nach ihren Worten Unbehagen in den Moment mischen, da kapitulierte er und kam mit, bis sie vor Karl Lagerfelds Dekor 'Printemps' von Hutschenreuther standen. „Bei einem Bekannten, der vom Typ her ein Verwandter von Ihnen sein könnte, haben wir unlängst von einem solchen Service sehr schön zu Abend gegessen", erklärte ihm Juliane unumwunden. „Und nun bilde ich mir ein, dass das auch für Sie passen könnte". „Das wäre tatsächlich nach meinem Geschmack", räumte der völlig überrumpelte Stefan-Verschnitt ein, „doch entscheide ich in diesem Bereich nichts allein. So wie Sie mich überrascht haben, werde ich jetzt meine Frau mit Ihrer Idee überraschen". Schon förderte er aus einer Ecke eine dezente, schmal geratene Liz Taylor-Ausgabe zu Tage und überließ ihr das Feld.

Zum ersten Mal lernte Juliane die Art des wirklichen Stefan schätzen, alle Marken, die sie hatten, in verschwenderischer Fülle auszubreiten, denn die bessere Hälfte seines Doppelgängers wandte sich sofort dem neben 'Printemps' aufgestellten Service 'Maxim's De Paris' zu, gleichfalls von Hutschenreuther, noch aktueller, designt von dem französischen Modeschöpfer Pierre Cardin und mit schwungvollen Streifen in ihren Lieblingsfarben versehen. Kein Zweifel, das war es. Juliane wurde gebeten, ihnen das komplette Angebot einzupacken.

'Pah-dap di-dap, pah-dap di-dap' – Juliane hüpfte wie ein Teenager die Stufen zum Lager im zweiten Geschoss hinunter. Da hatte sie quasi im Vorbeigehen einen Treffer gelandet, meine Fresse. War das eben alles tatsächlich so abgelaufen? Sie fühlte sich traumhaft. Und was bitte konnte das anderes sein als ein überaus glänzendes Omen für ihre Beziehung zu Stefan? Trotzdem, jetzt mussten als Krone für diesen Coup Anwars blumige Lobesworte her. Sie stupste die Tür zum Lager auf, was automatisch für ein paar Minuten ein dürftiges Kunstlicht einschaltete. Das Lager war ein abgetrennter Teil der zweiten Etage, in dem schwere dunkelgrüne Stoffe alle vorhandenen Fenster zuhängten. Tageslicht drang nur in Form einzelner gleißender Lichtpunkte ein, die ihren Weg durch Lücken in den Vorhängen fanden. Zusammengenommen erzeugte das den Eindruck, als befände man sich in einem Keller oder gar in einem Verlies.

Anwar saß an einem kleinen Tisch unter dem fahlen Licht einer Schreibtischlampe. Flankiert von zwei bauchigen hüfthohen Vasen und einem sitzenden Jagdhund aus Porzellan, studierte er in einem dicken Geschäftsbuch Zahlenkolonnen. Seine Arbeitsbedingungen waren eine einzige Zumutung, aber das vermochte ihm nichts von der Akribie zu nehmen, mit der er seinen Job verrichtete. Da er das Lager leitete und hier überdies als einziger tätig war, fiel der Nachschub an Seife, Briefpapier und Damenunterwäsche ebenso in seinen Bereich wie der an Porzellanwaren, aber letztere waren sein Steckenpferd, bei dem er teilweise noch besser Bescheid wusste als Juliane. Freilich hätte er sie im Leben nicht korrigiert, dazu war er viel zu höflich, vielmehr ließ er seine Verbesserung einige Zeit später in einen Nebensatz einfließen und las dann an ihrem Erröten ab, dass die Botschaft angekommen war.

Nun schaute er leicht erschrocken auf und nahm die Gelehrtenbrille von der Nase. „Giulia! Ich habe dich vermisst. Wo bist du nur so lange gewesen?" Seine sorgfältige Betonung jeder einzelnen Silbe tauchte seine Sätze in einen fröhlichen Singsang, den man gerne hörte. „Oh, ich sehe es dir an - du hast doch wieder geßaubert da draußen". Juliane küsste ihn flugs auf die Wange und präsentierte ihm eine Liste mit den Teilen, die ihr zum Komplettangebot von 'Maxim's De Paris' noch fehlten. Er zupfte sie ihr sogleich aus der Hand. „Es ist nicht ganz eilig", informierte sie ihn, während sie sich auf seinen kleinen Schreibtisch schwang und dort mit den Beinen baumelte, wie Uschi und sie es manchmal taten, wenn sie ihn besuchen kamen. „Die Kunden sind kurz einen Kaffee trinken gegangen." Aber da war er bereits hektisch aufgesprungen, hielt in der Bewegung inne, lächelte sie strahlend an, bevor er zwischen seinen Regalreihen verschwand. Juliane wusste, dass er sich ihr erst wieder würde widmen können, wenn er alles beieinander hätte.

Allein zurückgelassen versank sie für ein paar Momente abwechselnd in der Betrachtung ihrer Fingernägel und der aufgeschlagenen Geschäftsbuchseite, „Kaffeeautomaten, Druckbrühsystem, 8 Tassen von der Firma Krupps Typ-irgendwas, in Ausstellung 10 Exemplare, Vorrätig: keine...". Was wusste sie eigentlich über Anwar, außer dass er ihr augenscheinlich recht gewogen war? Er blieb zugeknöpft, konnte sich bei direkter Nachfrage winden wie ein Aal - „Anwar, du bist doch aus Ägypten?" - „Ooooch, Ägypten, so ein schönes Land. Aber warm ist es da, du glaubst ja nicht, wie heiß es da ist...".

Gerüchte über ihn gab es viele, wie das zum Beispiel, dass niemals jemand seine Frau gesehen hatte, weil sie vollverschleiert umhergeisterte, wenn sie überhaupt je die Wohnung verlassen durfte. Oder dass er seiner Tochter verbieten würde, am Schwimmunterricht teilzunehmen. Damit konfrontiert, hatte sie ihn zum ersten und einzigen Mal zornig erlebt - „Giulia! Niemand aus meiner Familie lebt hier, außer mir!" Aber wie konnte sie das von ihm vielbeschworene Vertrauen aufbauen, wenn er ihr nie etwas von sich erzählte? Darauf hatte er eine Antwort gehabt. „So funktioniert das doch nicht, meine Schönste", bei diesen Worten hatte er ihre Handflächen an seine dunklen Wangen gelegt. „Wenn du alles über mich weißt, heißt das nicht, dass du mehr Vertrauen zu mir haben wirst. Ich werde bloß langweilig für dich sein!"

Das einzige, was sie dabei herausgefunden hatte, war, dass Allah – Anwar war wohl Mohammedaner, so viel war immerhin klar – sich darauf verstand, sehr männliche Bartstoppeln mit genau dem richtigen Kratzgrad, wie sie es bei sich nannte, aus zartester Wangenhaut sprießen zu lassen. Eine unübertreffliche Kombination, mit der sie Anwar blind unter Tausenden von Gesichtern heraus getastet hätte.

Als würde ihn dieser Gedanke erfreuen, verharrte er, beladen mit Tüten und Kartons, einen Augenblick lang still vor ihr. Er seinerseits wusste alles, selbst das mit Stefan war ihm nicht entgangen. Als sie und

Stefan sich noch unvorsichtigerweise in dem nahegelegenen Parkhaus getroffen hatten, in dem viele Kaufhausmitarbeiter ihre Autos abstellten, hatte sie beim Einsteigen in den Mercedes Anwar im Rückspiegel an einem Pfeiler stehen sehen. Die schmale Gestalt (er war möglicherweise sogar etwas kleiner als sie) in dem maßgeschneiderten Mantel hatte sich nicht gerührt, sein dunkles Gesicht wie versteinert gewirkt. Sie erwähnten die Szene namentlich voreinander nie. Er hatte nur ein paar Tage danach beiläufig und am Rande gemeint, sie sei ihm immer willkommen und kein wie auch immer gearteter Grund würde daran je etwas ändern.

„Danke, Anwar", sagte sie auf einmal müde und etwas beschämt, weil sie ihn erst jetzt bemerkte. Ohne dass sie hätte sagen können warum, waren ihr auf einmal die Tränen in die Augen geschossen. Herrgott, diese Nerven. „Ist schon gut", sagte er und lehnte seine Stirn an ihre, nachdem er rasch das Buch zugeklappt und beiseite geschoben hatte, bevor es voll tropfte. „Anwar, ich..." - „Schschsch, Giulia. Es ist alles gut." - „Aber weißt du, ich..." - „Du musst nichts sagen. Es ist alles in Ordnung." Voller Dankbarkeit schloss sie die Augen. Als Geräusche auf der Treppe ankündigten, dass jemand anders das Lager aufsuchte, hatte sie sich wieder beruhigt.

Wo war eigentlich ihre euphorische Stimmung hin, fragte sich Juliane keine halbe Stunde später, während sie sich vor dem Spiegel einer Personaltoilette die Wimpern tuschte. Es hatte doch alles märchenhaft funktioniert und schlugen ihre Verkaufserfolge gestern noch hohe Wellen, so waren sie heute ohne jedes Aufsehen abgelaufen.

So war doch im Grunde alles wunderbar. Aber als sie nach dem Händewaschen wieder hochblickte, entfuhr ihr ein ärgerlicher Ausruf. Ihre Wangen zeigten schwarze Spuren von Wimperntusche, mit denen sie nun aussah wie Pierrot, dieser traurige Clown, der ein französischer Ableger ihres 'Pedrolino' war. Verflixt! Verwünschungen murmelnd kramte sie aus ihrer Tasche ein Tübchen Creme hervor und machte sich daran, mit dessen Hilfe und etwas Klopapier die Farbe von ihren Wangen zu tilgen. Was war bloß heute mit ihr los? Wieso musste sie unbedingt im Lager losheulen, noch dazu vor einem Ausländer?

Halt! Ihr Spiegelbild schüttelte mit zusammengepressten Lippen entschieden den Kopf. Sie, Juliane, hatte als einzige bitteschön damit kein Problem, das hatte sich ja wohl erwiesen. Jetzt nickte das Spiegelbild heftig, die Kiefer weiter fest geschlossen. Und woher kam jetzt diese Kieferklemme, als bestes Pferd in Stefans Stall? Angesichts solcher Vorstellungen waren Tränen richtig, fand Juliane. Aber warum zum Teufel hatte sie eben bei Anwar die Fassung verloren?

Juliane seufzte und schaute ihrem Spiegelbild tief in die Augen. „Seien wir doch mal ehrlich", entfuhr es ihr laut. Die Sache mit Anwar war aussichtslos, aber das lag doch nicht an ihr. Sie sah schon das Gesicht ihrer Mutter Hertha vor sich, wenn sie ihr eröffnete, ihr Schwiegersohn in spe sei ein farbiger Lagerarbeiter - Quatsch! -, also ein dunkelhäutiger leitender Angestellter, der im Lager tätig war... Sofern ihre Mutter den Möglichkeiten ihrer Tochter, sich zu binden, überhaupt noch Beachtung schenkte, würde sie das wohl kaum begeistern. Und wusste man nicht auch, wo solche Beziehungen hinführten?

Anwar war schließlich so etwas wie ein Araber und die wurden nicht gerade für ihre ausgleichende Art gerühmt. Juliane fixierte ihr Spiegelbild erst aus dem einen, dann aus dem anderen Augenwinkel heraus. Das mit Stefan würde der garantiert nicht vergessen, sie sah noch deutlich Anwars Gesichtsausdruck im Parkhaus vor sich. Wahrscheinlich würde sich seine Eifersucht täglich steigern bis zur Raserei und wehe, sie schaute dann im Leben noch mal jemanden anderes an! Wenn sie überhaupt in Deutschland bleiben durfte. Hatte er nicht unlängst „Niemand aus meiner Familie lebt hier, außer mir" gesagt? Das sprach doch Bände. Sie sah sich schon von lauter Tüchern umwickelt irgendwo in Arabien vor der deutschen Botschaft hocken, neben sich eine total eingeschüchterte und jung verhärmte Jamilah, ein farbiges Balg auf dem Schoß, dass sie unter den unwürdigsten Bedingungen... Nein! Schluss, aus, das war alles völlig ausgeschlossen, es tat ihr Leid.

„Es tut mir Leid", sagte Juliane laut in den Spiegel. Ihre Worte gingen im Lärm der aufschwingenden Tür und dem fragenden „Huch?" der hereinstürmenden Kollegin unter. „Muss gleich zum Chef", sagte Juliane geistesgegenwärtig und zuckte mit den Achseln, worauf die andere hinter ihr im Spiegelbild entspannt zusammensackte und sich mit einem - „Na, nur Mut! Wird schon schiefgehen" - in Richtung Toilette trollte. „Danke", antwortete Juliane mechanisch.

Während sie ihre Sachen zusammenräumte, wurde ihr so flau im Magen, als hätte sie tatsächlich ein Chefgespräch vor sich. Diese ganzen Notlügen setzten ihr zu. Der Kaufhausalltag samt seiner Hektik passte nicht zu ihr, sie tickte dafür zu langsam und fühlte sich permanent wie an den falschen Stromkreis angeschlossen. Ein ruhiges Fachgeschäft wäre viel besser. Da würde sie friedlich auf ihre Kunden

warten und zu Weihnachten gerührt die Dankeskärt-
chen lesen. Das hatte sie ja mal ausprobiert, in diesem noblen Laden in einer vornehmen Seitenstraße
am Ku'damm, den ihre Mutter ausfindig gemacht
hatte.

Ihrer Vorgesetzten dort, einer Dame, die ganz im
Geist der Zeit auf ihren angeheirateten Adelstitel
verzichtete, - „einfach Frau von Knappschütz bitte!"
- war allerdings nicht lange verborgen geblieben,
dass ihre fleißige junge Angestellte nicht verheiratet
war und ihr Kind alleine groß zog. Ihr persönlich
war es natürlich völlig egal, wie Juliane ihr Leben gestaltete, aber für die äußerst konservative Kundschaft war das gar kein gutes Aushängeschild. Juliane hatte stumm das Weite gesucht, da sie Frau von
Knappschütz in diesen und allen übrigen Fragen
ähnlich intelligent und flexibel einstufte wie ihre
Aushängeschilder. In dem modernen, anonymen
Kaufhaus interessierte sich Gottseidank keiner für
solche Belange, aber „Da kriegt sie ganz andere Pro-
bleme", war seinerzeit der prophetische Kommentar
ihrer Mutter gewesen. Wie wahr, danke übrigens
noch, Mamma, dachte Juliane säuerlich.

Doch als sie aus der Tür ins Treppenhaus trat, sah
die Welt schon wieder anders aus. Vielleicht brauchte sie einfach mehr Raum für sich. Ein paar Viertel-

stunden am Tag, in denen sie still verschnaufen konnte. Dann brauchte sie zwischendurch auch nicht zwei Tage krank zu machen und sich zwischen unappetitlichen Symptomen und „einer Migräne, die wünsche ich niemandem" zu verzetteln, bis sie sich tatsächlich miserabel fühlte. Sie würde also nun erst einmal in aller Ruhe einen Happen essen und nachher vielleicht unten auf der Straße noch ein paar Schritte gehen. Sie schaute abwechselnd nach oben und nach unten. Sollte sie sich auf den Weg in die Mitarbeiterkantine machen? Da blieb sie ganz sicher unbehelligt, aber man musste es mit den Vorsätzen ja nicht gleich übertreiben. Juliane lenkte ihre Schritte zum Bistro.

Wie im Fluge

Das Essenstablett einhändig vor sich her balancierend, schob sie mit der freien Hand einen der beiden Stühle weit weg an den Nachbartisch. Eingekeilt zwischen einem Stück fensterloser Wand und zwei großkalibrigen Ficuspflanzen mit einem Wurzelwerk voller Kippen, schien das ausgesuchte Tischchen nun für ein paar störungsfreie Minuten goldrichtig. Um den wenig einladenden Charakter ihrer Platzwahl zu unterstreichen, setzte sich Juliane mit Blickrichtung auf Wand und Büsche und fing an zu essen. Vor Enttäuschung hätte sie fast laut aufgejault. Ihre fetttriefende Pasta ließ sich ohne ein Getränk kaum herunterbringen und genau daran hatte sie gespart. Missmutig ließ sie das Tablett stehen und zog noch einmal los, um sich etwas zu trinken zu besorgen.

Mit Glas und Flasche in der Hand schaute sich Juliane suchend nach ihrem stillen Eckchen um. Es dauerte eine Weile, bis sie realisierte, dass der fehlende Stuhl an ihren Tisch zurückgeschoben worden war. Darauf hatte es sich die alte Schleicherin von heute morgen vor einem Kaffee bequem gemacht und winkte sie nun strahlend heran. „Ich wollte Ihnen ja vorhin nicht zur Last fallen, ich hab' ja gesehen, dass Sie Ruhe brauchten", rief sie Juliane entgegen. „Aber jetzt freuen Sie sich sicher über ein bisschen Gesellschaft!"

Am liebsten hätte Juliane die Flasche auf den Tisch geknallt. Statt dessen blieb sie einfach stehen. Noch war Zeit, das Essen verdientermaßen zu entsorgen und sich so zugleich dem Zugriff der aufdringlichen Alten zu entziehen. „Jetzt setzen Sie sich doch endlich hin und schauen Sie, was ich hier für Sie habe", flötete die in ihre Überlegungen hinein und nestelte zwischen Lagen von Zeitungspapier zwei zarte, elfenbeinfarbene Teetassen mit vereinzelten bunten Blümchen darauf hervor. „Seltmann Weiden, Jahrhundertbeginn. Die haben Sie sich doch so gern einmal ansehen wollen, haben Sie gesagt."

Warum in Gottes Namen tat sie sich das an? Juliane drehte eins der erstaunlich dünnwandigen Tässchen in ihrer Hand und hörte die Besitzerin mit halbem Ohr auf sich einschwatzen. Dass zu dem Teegedeck noch die Kanne, ein Milchkännchen und eine Zuckerdose gehörten, die sie nicht habe mitbringen wollen, aus Angst, etwas könnte unterwegs kaputtgehen. Dass sie geahnt habe, dass Juliane etwas Aufmunterung guttäte, sie sähe unwohl aus, ob sie das wüsste. Pfui Teufel, der Kaffee schmecke wie Abwaschwasser, - bäh - , das bei dem Preis und warum sie denn nicht endlich anfinge zu essen, es würde ja sonst alles kalt.

Die Flasche an den Lippen - das Glas stand vergessen auf dem Tisch - musterte Juliane ihr Gegenüber verstohlen. Ob es stimmte, was die alte Dame einmal erzählt hatte, dass sie Pilotin war? Sie zeigte Haltung, das sah man auch jetzt noch, hielt die Tasche mit ihren kräftigen, etwas knotigen Fingern ohne den Anflug eines Zitterns fest auf dem Schoß. Juliane konnte sich kaum vorstellen, sich jemals in ein Flugzeug zu setzen geschweige denn, es auch noch eigenhändig zu steuern. Sie selbst verlor ja den

Kampf mit den Elementen bereits vor der Haustür. Gegen Wärme, besonders wenn sie plötzlich einsetzte, protestierte ihre Haut mit großen, roten Flecken, bevorzugt am Hals, wo es jeder sah. Schon kaum spürbarer Nieselregen klatschte ihr die Haare, die ohnehin bloß der Kamm zwang, sich aufzurichten, erbarmungslos an den Kopf, mit der Tendenz zu verbacken. Wind konnte alles beides, am schlimmsten war jedoch Schnee. Jede Flocke auf der Haut färbte diese darunter dunkelviolett, was über Stunden blieb. Von Juliane aus hätte es kein draußen zu geben brauchen. Nicht nur auf die Wetterkapriolen konnte sie verzichten, sondern auch auf alles andere, was die Natur durchsegelte oder -krabbelte.

Ihr Vater, der gehofft hatte, ihr die Meissener Tradition der Blumen- und Insektenmalerei am ehesten am natürlichen Beispiel nahebringen zu können, unternahm mit ihr Ausflüge auf die Rehwiese oder in den Spandauer Forst. Da stand die neunjährige Juliane dann, schlug unter viel „Iiiegitt!" und „Eeeklig!" mit spillerigen Gliedern um sich und glaubte fest, sie sei der Zwergenarmee, die sie betorkelte, zwickte oder dumpf auf sie herabfiel, ebenso unangenehm wie diese ihr. Nur mit Mühe erkannte sie in dem Gestrüpp die Vorlagen für all die farbenprächtigen Blumen und Tierchen auf dem schneeweißen Porzellan wieder. Schwertlilien, aus Gärten entfleuchte Chrysanthemen oder Kapuzinerkresse etwa, Zitronenfalter, absurd grüne kleine Rüsselkäfer und Blattwanzen, die sie ängstigten.

Am eindrucksvollsten entsprang das große, grüne Heupferd ihrer Erinnerung, eine handtellergroße Schrecke, die erst im empörten Gaukelflug vor ihnen flüchtete und sich dann, aus dem Unterholz spähend, beharrlich weigerte, ihnen die schönen, bunten Hinterflügel zu zeigen. Erst auf Tellern und Terrinen, hübsch gold umrahmt und verziert, war Juliane das Viehzeug nicht mehr unheimlich, womit sie, ganz klar, ihren Vater enttäuscht hatte.

Kaum vorstellbar also, dass sie und die alte Frau zur selben Gattung Mensch zählten, wenn es stimmte, dass sich jene im Cockpit eines Flugzeuges zu Hause gefühlt hatte. „Ja, natürlich", sagte die nun laut und riss dabei die Augen auf, sie war von Juliane offensichtlich danach gefragt worden. „Das will ich Ihnen doch schon die ganze Zeit erzählen, aber Sie sind ja immer beschäftigt!" Juliane erfuhr nun, wie die Aussicht zu fliegen die Erzählerin morgens voller Schwung aus dem Bett getrieben und aufs Rollfeld getragen hatte, wo sie dann, eingemummelt wie für eine Polarexpedition, - „Es wurde ja lausig kalt da oben!" - in ihre Messerschmidt oder so ähnlich kletterte und buchstäblich in den Himmel abhob.

Was einen dort oben am ehesten warm hielt, waren nach Ansicht der alten Dame ihr blitzwacher Verstand, ihre Reflexe und ihre Instinkte gewesen, von der Aufregung befeuert, dass man ja keinen Fehler machte, was gleich die übelsten Folgen hätte haben können, nicht wahr? Man musste ein bisschen auf Vögel achtgeben, andere Flugzeuge waren zumindest in den frühen Zeiten kaum zu erwarten und wenn man eine gewisse Höhe erreicht hatte, hatte man den Horizont für sich. Ein unvergleichliches Gefühl von absoluter Freiheit.

„Einen Mann dabei? Nein, wozu das denn!" Die alte Dame rutschte wie eine Jugendliche auf dem Stuhl herum und rollte verständnislos die Augen. „Hören Sie, Kindchen", sagte sie ungeduldig, „Im Flieger war seinerzeit Platz für eine Person und das war ich!" Vielleicht lag es daran, dass sie ein Einzelkind war, aber sie hätte niemals jemanden in ihren einsamen Höhen vermisst. „Hinten war höchstens mein bisschen Gepäck. Ich bin um die ganze Welt geflogen und das immer allein!"

War das zu glauben? Juliane wusste es einfach nicht einzuschätzen, sie lauschte der alten Dame hin- und hergerissen. Der schien das nichts auszumachen, sie ignorierte, dass sie angestarrt wurde, sondern zeichnete hingebungsvoll mit ihrem Finger die bunt verstreuten Blümchen auf der Tasse nach. „Was nie fehlen durfte, war mein Teegedeck", sagte sie nun leise. „Ich hatte es immer dabei, eingepackt in einem alten Weidenkorb und in viel Tuch und Papier gewickelt, falls ich mal hart aufsetzte. Den Korb gibt es längst nicht mehr, aber von dem Porzellan ist nie etwas zerbrochen. Alles noch da!"

Sie lächelte Juliane kurz an. „Sie können sich nicht vorstellen, wie es manchmal nachts in der Wüste gewesen ist, dort unten in Afrika. Ich habe mich einfach neben die Schotterpiste in den Sand gesetzt, hatte ein kleines Feuer, wo ich mir in einem Kesselchen Wasser erhitzt habe. Die Beduinen waren sehr freundlich und haben mir frische Minze gebracht. Und schon hatten wir den herrlichsten, süßen Minztee. Über uns leuchteten die Sterne, man konnte die ganze Milchstraße sehen und meine Füße steckten im warmen Sand. Wissen Sie", sie wandte ihre Aufmerksamkeit wieder voll Juliane zu, die auf einmal erkennen konnte, wie sie einst ausgesehen haben musste, ein hübsches, etwas herbes Jungengesicht, ernst etwas distanziert, aber wenn sie - wie jetzt - lächelte, warmherzig und voll kindlicher Freude. „Das waren die schönsten Momente in meinem Leben, ich schwöre Ihnen, es war so. Ich habe meinen Mann wirklich geliebt, aber das hier, das war noch anders."

Die alte Frau rang nun nach Luft, kämpfte mit Tränen und suchte wie verzweifelt nach den passenden Worten. „Das war eine Stimmung, die kann man gar nicht beschreiben. Die Zeit spielte überhaupt keine Rolle, ich hatte das Gefühl, mich gab es gar nicht mehr. Alles ging auf in einem großen Ganzen. Die Welt mit mir und um mich herum verschmolz zu einer einzigen, herrlichen Melodie."

„Gab es keine Mücken?", erkundigte sich Juliane vorsichtig, auch weil sie befürchtete, die alte Dame könnte sich in ihren Erinnerungen verlieren. „Und hatten Sie keine Angst vor wilden Tieren oder Menschen, die Ihnen Böses wollten?" Unwirsch schüttelte die alte Fliegerin den Kopf, kehrte gedanklich zu ihr zurück und schaute dann resigniert vor sich hin. „Ich erinnere mich nicht, ich hatte auch keine Angst vor irgendetwas." Sie schien enttäuscht zu sein, wohl in dem Glauben, Juliane könnte ihre Gefühle nicht verstehen. Dabei dachte die an etwas ganz anderes.

Das Seltmann Weiden Tässchen war unschuldig. Es bestand sicher aus dem üblichen Hartporzellan, gemacht aus Kaolin-Tonerde, Quarzsand und Feldspat. Außerdem war es Jahrzehnte vor dem zweiten Weltkrieg hergestellt worden. Lange bevor in

Deutschland Unmengen menschlicher Asche anfielen. Es war eine fixe Idee von Juliane, anzunehmen, Porzellan aus der Zeit des Krieges könnte die Asche menschlicher Knochen enthalten.

Zwar gab es Knochenporzellan – das 'fine bone china' aus England – das die beigefügte Asche weich machte, schön glänzen ließ und chinesisches Weichporzellan zum Vorbild hatte. Aber natürlich bedienten sich die Hersteller nicht im Krematorium, sondern verwendeten die Asche von Rinderknochen. Trotzdem bekam Juliane die Öfen der Vernichtungslager nicht aus dem Kopf, seit sie einmal das Konzentrationslager in Sachsenhausen im Osten besucht hatte und dort auf monströse Versuche, aus den Überresten der Insassen Dinge zu fertigen, gestoßen war.

Juliane erinnerte sich an ein Stück Rückenhaut, das bemalt und gerahmt dort an einer Wand hing. Und an einen skelettierten, menschlichen Schädel auf einem Tisch, in dem jemand eine Glühbirne untergebracht hatte, was ihn als Lampe erstrahlen ließ, sobald das Licht angeknipst wurde. Ein Besucher neben Juliane, ein junger Mann mit verdächtig kurzgeschorenen Haaren, hatte etwas verächtlich von einem „Geisterbahneffekt" gesprochen, man wolle den Leuten mit solchen „Gags" anscheinend Angst einjagen, er bezweifelte ja stark die Echtheit solcher Machwerke.

Und wenn es genau andersherum war, hatte Juliane gedacht. Wenn man nun noch längst nicht alle Aspekte des Grauens und des Einfallsreichtums der unmenschlichen Akteure dieser Zeit kannte und womöglich nie kennen würde? Solche Gedanken bekam sie seitdem nicht mehr aus dem Kopf. „Wie war Ihnen zumute, wenn Sie über Deutschland flogen, damals?", fragte sie die alte Dame sehr plötzlich und stellte die Tasse zurück auf den Tisch.

Juliane, eingenommen von den Schilderungen der Pilotin, empfand eine diffuse Sehnsucht danach, ihr Gegenüber in jeder Lebenslage so kühn vorzufinden wie am Steuerknüppel ihres Flugzeugs oder allein in den Wüsten Afrikas. Insgeheim hoffte sie, die Greisinnenhand würde vorschnellen und sie ums Handgelenk packen.

Dabei nähme die alte Frau sie fest ins Visier und würde etwas zischen wie: „Hören Sie, Kindchen, natürlich taten mir die armen Menschen Leid. Aber in dieser Zeit lehnte man sich nicht aus dem Fenster und rief 'Heda! Das sieht mir aber arg nach einer Menschenrechtsverletzung aus. Sofort aufhören!' Das hätte man nicht überlebt und ich wollte leben. So wie

Sie an meiner Stelle hätten leben wollen!" Eine solche Reaktion hätte ihr gezeigt – ja, was eigentlich?

Statt dessen erlebte Juliane das, was sie bereits zur Genüge von ihren Eltern kannte. Ihre Tischgenossin bekam einen ratlosen Gesichtsausdruck, machte große Augen und rückte, so weit es eben ging, den Stuhl zurück. Was um alles in der Welt sie denn bloß meinte? Welche Menschen in was für Waggons oder Lagern? „Meine Mutter wohnt in der Nähe vom S-Bahnhof Grunewald", sagte Juliane. „Da gibt es verlassene Schienen, neben denen informiert ein Schild darüber, dass von dort aus Juden zu Tausenden in Viehwaggons in die Arbeits- und Vernichtungslager abtransportiert wurden."

Wie es schien, war das der alten Dame neu. Sie wusste nichts von irgendwelchen Transporten, sie kannte diese Menschen nicht und sie musste sich schon sehr wundern, wie Juliane auf die Idee kam, sie habe damit auch nur das geringste zu tun.

So sehr sich Juliane seit Jahr und Tag über die ältere Generation geärgert hatte, die, auf die Nazizeit angesprochen, mitunter so arglos wirken konnte wie frisch geschlüpfte Küken, die von den Vorgängen außerhalb von Eischalen keine Kenntnis hatten, so blitzartig merkte sie in diesem Augenblick, dass ihr bei einer solchen Reaktion wahrscheinlich gar keiner etwas vormachte. Dass sich die Menschen tatsächlich in eine Bastion zurückgezogen hatten, in der die Möglichkeit von menschlicher Knochenasche in Porzellan nicht mehr als ein unglaubliches, gruselig unwirkliches und noch dazu recht albernes Hirngespinst war.

Juliane glaubte nicht an Gerechtigkeit. Dann hätte es spätestens den starken August, der auf dem Sterbebett bekannt hatte, ein großer Sünder gewesen zu sein (was sein Tun nur milde umschrieb), ja beizeiten erwischt. Aber sie nahm auch nicht an, dass die Dinge überhaupt nicht miteinander zusammenhingen.

Wer die Schotten nur dicht genug machte, dem mochte es gelingen, ganz alleine um die Welt zu fliegen, selbst als Frau und zur Zeit des Dritten Reiches. Doch später, im Alter, hatte es zur Folge, dass man in einem anonymen Kaufhaus fremden Leuten auflauerte, um überhaupt mit jemandem zu reden. Wo man sich dann wahnsinnig ärgern musste über Fragen zu Menschen, die einen nichts angingen, die vielleicht Gott weiß was verbrochen hatten und möglicherweise deshalb vor langer Zeit in Schwierigkeiten geraten waren. Von denen man nichts wusste, die man gar nicht kannte und von denen man erst recht keinen umgebracht hatte. Mit welchem Recht wurde dies dem so außerordentlichen Leben einer Fliegerin beigemischt? Die, wenn sie ehrlich war, nie etwas anderes hatte tun wollen als fliegen? Und wie oft musste man das alles eigentlich noch sagen.

Es hatte ein ziemliches Geschiebe und Gerücke gegeben, als sich die alte Dame aus ihrer eingekeilten Ecke befreien wollte. Sie hatte Juliane, die wie betäubt da hockte, die Tasse aus der Hand gewunden, wieder in die knisternde Zeitung eingewickelt und in ihrer Tasche versenkt. Ohne ein Wort des Abschieds und ohne sich noch einmal umzudrehen war sie gegangen. Als sie fort war, atmete die Zurückgelassene ein paar Mal tief durch. Das Leben hatte offenbar Nächte zu verschenken, die sich mit nichts auf der Welt vergleichen ließen. Das hatte diese Frau erlebt und gespürt, sie hatte es sich bewahrt und in ihrem Herzen getragen. Sie war begierig darauf gewesen, sich anderen Menschen mitzuteilen. Doch hatte es sie nicht verändern können.

Juliane war zumute, als habe nie jemand als die alte Dame selbst aus ihren schönen Tassen getrunken.

Tour de Force

Nachdem sie sich wieder regen konnte, fiel Julianes Blick als erstes auf ihre Armbanduhr. Schon zehn

Minuten nach eins! Ihre Mittagspause war seit geraumer Zeit vorbei und sie würde noch einmal drei bis vier Minuten brauchen, bis sie unten an ihrem Arbeitsplatz angelangt war. Juliane schnürte es die Kehle zusammen, sie spürte es heiß in ihrem Bauch aufsteigen. Das alte Weib hatte ihr die Zeit gestohlen und das konnte sie nun glatt den Job kosten.

Im Grunde war Stefan ein Chef, wie man ihn sich nur wünschen konnte. Er war humorvoll, oft nachsichtig und beschützte seine Damen vor den überzogenen Anforderungen der oberen Vorgesetzten.

Es gab jedoch etwas, was ihn rasend machte und das war Unpünktlichkeit. Da nützte es auch nichts, wenn man mit ihm die Abende verbrachte - war man morgens oder nach den Pausen auch nur ein paar Minuten zu spät dran, konnte er bereits vor Wut schäumend, turmhoch und mit Abmahnung drohend hinter einem auftauchen. Noch Tage später schmollte er, behandelte einen wie Luft und manch ein Ereignis dieser Art vergaß er niemals. Die Kollegin, für die er Juliane vor einigen Jahren hier eingestellt hatte, sollte er genau aus einem solchen Anlass entlassen haben.

Juliane wusste, bei einer um eine Viertelstunde überzogenen Mittagspause war die Katastrophe bereits am Rollen. Trotzdem blieb jetzt nichts anderes übrig als loszuhetzen.

Glück. Sie brauchte einfach ein bisschen Glück, schoss es ihr durch den Kopf, als sie aufgesprungen und den Tisch mit dem wackelnden Tablett achtlos zurückgelassen hatte. Vielleicht steckte er ja in einer Besprechung fest oder er war überhaupt noch nicht im Haus. Hatte er morgens nicht einen Termin woanders gehabt und war womöglich noch nicht wieder davon zurück? Vielleicht würde er ausnahmsweise gar nichts mitbekommen.

Wie ein Wirbelwind schoss Juliane quer durchs Bistro und ließ dabei die Leute, die hineinwollten, filmreif auseinander stieben. Kaum hatte sie den Hauptgang erreicht, schlug sie einen seitlichen Haken in Richtung des Treppenhauses und riss dabei fast einen älteren Herrn mit Gehstock von den Füßen. „Nix passiert!", rief der funkelnden Auges und schaffte es sogar noch, beim Aufrichten den Hut zu lüften.

Juliane bekam es fast nicht mit, sie flüsterte im Vorbeihasten eine Entschuldigung und erreichte bereits mit langen Sätzen das Treppenhaus. Tür auf und Treppen runter, die letzten vier Stufen eines Absatzes absolvierte sie jeweils im Sprung, einmal beinahe in eine Kleingruppe von Kollegen hinein, die aber so angeregt plauderten, dass sie es kaum bemerkten. Bei den beiden jungen Müttern mit ihren Kleinkindern, an denen sie sich beim Eintritt ins dritte Geschoss vorbei drängelte, hatte sie nicht so viel Glück. Die beiden zeterten hinter ihr her, als hätte sie ihnen die Taschen geklaut, eins der Kinder fing infernalisch an zu brüllen. Wie ein Hase im Zickzack flitzte Juliane durch die Abteilungen auf ihren üblichen Platz zu, nach Möglichkeit, ohne dass sie entdeckt wurde. Jacke und Tasche stopfte sie in eine versteckte Warenschublade, die würde sie später holen müssen.

Verborgen von einem Regal versuchte sie zu sich zu kommen und so zu tun, als stake sie hier unauffällig auf Kundenfang schon eine ganze Weile umher. Nicht sehr glaubhaft, so total verschwitzt wie sie war, mit Wangen, die glühten und einem Brustkorb, der sich krampfhaft hob und senkte. Aber das war egal. Egal, egal, egal. In Wildwestmanier spähte sich um das Regal herum und fühlte, wie ihr fast das Herz stehenblieb. Oh Gott, da kam ihr ein leichenfahler Stefan entgegengerannt, Uschi Adlboden wie ein Terrier heroisch an ihm dran.

Sie vernahm Gesprächsfetzen. „... muss Ihanen in einer dringenden Angelegenheit sprechen, Chef! Naa, des kann ned warten...." - „Nicht jetzt, Frau

Adlboden, nicht jetzt!" Es half ja nichts, nun hieß es Farbe bekennen. Wie ein Lamm, das man zur Schlachtbank zog, zerrte sich Juliane selbst zentimeterweise aus der Deckung. Irgendetwas Gescheites, was sie sagen würde, musste ihr doch verdammt noch mal einfallen. Sie... „Frau Saltur?"

Juliane wirbelte herum. Da stand der Kaufhausgeschäftsführer Werner Schmitz und streckte ihr eine wurstfingerige Hand entgegen. Zwischen seinen vom Genuss der Pfeife fleckig gewordenen Lippen erschien fast schüchtern eine Reihe Jacketkronen.

„Oh - Herr Schmitz!" Juliane packte seine Finger mit beiden Händen, es fehlte nicht viel und sie hätte sie geküsst. „Was für eine Ehre, - was... ähm... verschafft sie uns denn?" Er errötete und freute sich, schien seine Hand jedoch wiederhaben zu wollen.

Befangen schauten beide auf ihre verschlungenen Finger, Juliane gab ihn eilig frei. „Ja", sagte er. „Ich wollte Sie auch gar nicht groß bei der Arbeit stören. Sie leisten ja vorzügliches, ganz vorzügliches." - „Danke. Danke sehr!" - „Ja, sehr gute Arbeit. Wie wäre es, wenn wir - also ich - also die Geschäftsleitung, uns einmal ganz unverbindlich mit Ihnen unterhalten. Passt es Ihnen gleich morgen früh?" - „Aber natürlich!" - „Na, fein. Dann kommen Sie doch morgen sagen wir um halb zehn in mein Büro im fünften Stock. Sie wissen, wo das ist?"

Juliane hatte nur eine ungefähre Ahnung, aber sie war ja nicht bescheuert und würde es schon finden. „Ich bin da!" - „Schön, dann morgen um halb zehn!" - „Ja. Bis morgen. Um halb zehn." Schmitz tat einige Schritte im Rückwärtsgang, drehte sich um und lief mit erhoben grüßender Hand davon. Sie lächelte verkrampft hinter ihm her, ohne dass er es noch sehen konnte. Natürlich, das war es! Sie würde Schmitz benutzen. Er hätte Juliane schon im Treppenhaus angesprochen und in ein Gespräch verwickelt. Was sollte sie da tun, etwa keine Zeit für den Geschäftsführer übrig haben?

Wie in Zeitlupe wandte sie den Kopf. Etwa anderthalb Meter von ihr entfernt stand Stefan und sah sie an. Beide schauten sie sich nun eine halbe Ewigkeit lang schweigend an. „Hallo, Frau Saltur", sagte Stefan endlich. „War das nicht der Herr Schmitz?" - „Das war der Herr Schmitz." - „Was wollte er denn?" - „Er... - ich war eigentlich auf dem Weg zu Ihnen", log Juliane. „Ich habe doch heute morgen ein Komplettservice von Hutschenreuther verkauft..." - „Ach, wie schön, Frau Saltur!" - „Ja. Und vorhin bin ich Herrn Schmitz über den Weg gelaufen und er schien sich sehr für unsere Arbeit zu interessieren. So haben wir darüber gesprochen." Stefan nickte langsam und hob auffordernd den Kopf, „Und?", - „Jetzt habe ich morgen früh einen Termin in seinem Büro." Sie machte mit den Fingern eine Geste des Geldzählens. „Das gibt vielleicht eine Prämie oder so was, denke ich. Ich habe ja auch schon länger keine Gehaltserhöhung mehr bekommen." - „Das ist völlig richtig", Stefan entspannte sich. „Sollte das morgen unerwarteterweise keine Berücksichtigung finden, kommen Sie zu mir. Eine Gehaltserhöhung ist bei Ihnen längst überfällig." - „Danke", sagte sie demütig. „Gut", sagte er „gut", drehte sich abrupt um und ließ sie stehen.

Gerettet. Aber Juliane fühlte sich, als sei sie auf unbekanntem Eiland gestrandet. Sie fror und der Schweiß trocknete kalt an ihrem Körper. Unsicher tat sie ein paar Schritte. Uschi tauchte auf, „Hey..." - „Oh, Uschi, ich..." - „Was war denn los?" - „Gar nichts." - „Nichts?"

Uschi legte den Kopf schief und lief rot an. Sie hatte sich für Juliane eingesetzt, sicher. Aber das machte sie beide nicht zu siamesischen Zwillingen, die alles miteinander teilen mussten. „Verstehe", sagte Uschi schließlich in die Stille hinein. „Na, dann kann ich ja gehen." Sie drehte sich um, Juliane setzte an zu einem „Ach, danke noch, Uschi, für..." Uschi machte eine kleine Bewegung mit der Schulter, entfernte sich aber.

Wieder allein. „Sind Sie hier zuständig? Ich brauche ein Geschenk. Etwas Exklusives sollte es sein." - „Sicher", antwortete Juliane mechanisch. „Bitte kommen Sie." - „Wenn ich störe, muss ich mir jemanden anderes suchen." - „Aber nein, wieso denn. Schauen Sie, da haben wir wunderschöne, handbemalte Vasen. Modernes Design und Wertarbeit auf höchstem Niveau."

Im Vertrauen

Nach einem äußerst zähen Nachmittag, bei dem die Zeit kaum vergehen wollte, war für Juliane der Tag noch längst nicht zu Ende. Jamilah und sie verbrachten den Abend bei ihrer Mutter im Grunewald.

Die hatte Geburtstag, das erste Mal ohne ihren Mann. Paul Saltur war ein Dreivierteljahr zuvor gestorben, keine acht Monate nach ihrem Ausstellungsbesuch im Schloss Charlottenburg. Während Großmutter Hertha mit starrem Gesicht die Fassung wahrte und ein köstliches Abendessen servierte, brach Jamilah am Tisch erneut in Schluchzen aus. Juliane wurde von dem Gefühlschaos aufgerieben, aber wenigstens ergab das die Antwort auf die Frage, warum ihre Tochter in letzter Zeit so dünnhäutig war. Und möglicherweise ja auch sie selbst.

„Triffst du dich etwa jetzt noch mit Andreas?", fragte Juliane, als es für sie beide Zeit gewesen wäre, aus dem Bus auszusteigen, ihre Tochter aber einfach sitzen blieb. „Nö, mit dem ist doch Schluss. Ich fahre zu Heike!" - „Was, wieso ist denn Schluss?" - „Ach, Mammi! Der Typ hat sie doch nicht alle. Dauernd dieses Gelaber, wie er das große Geld macht. Dabei ist der Schüler, ja?"

Überrascht und besorgt machte sich Juliane alleine auf den Weg nach Haus, wobei ihr vor der stillen Wohnung grauste. Trennungen zwischen Jugendlichen waren zwar scheinbar normal, fühlten sich aber trotzdem seltsam an und dass Jamilah woanders übernachtete, war ihr eigentlich auch nicht recht. Andererseits war sie aber erleichtert, dass Jamilah in Heike, einem freundlichen, bodenständigen Mädchen, offenbar noch eine gute Freundin hatte. Das war etwas, was Juliane selbst nie leicht gefallen war.

Da sie nicht gerne überrumpelt wurde, hatte sich Juliane von ihrer Tochter im Bus noch einen abendlichen Anruf ausgebeten. Dem „Klar, Mamma!" folgte eine halbe Stunde später zuverlässig Telefonklingeln. „Also Mammi, wir gehen jetzt gleich schlafen", tönte es leicht ungeduldig aus dem Hörer. „Ja, gut", sagte

die erleichtert. „Gibst du mir eben kurz die Heike?" -
„Was, die Heike?" - „Ja, die Heike. Ich würd' sie eben
kurz gern sprechen!". Pause. „Mamma, das geht jetzt
nicht. Die ist unten!" - „Ja, und? Kannst du sie nicht
eben rufen?" - „Mamma!", - es klang quengelig -
„das mach' ich jetzt nicht, dass ich da runter geh' und
dieser heilen Family klarmache, dass mir meine Mutter voll nicht vertraut!" - „Aber, das hat doch gar
nichts..." - „Doch Mamma, hat es wohl, das weißt du
genauso gut wie ich...", der Rest verlor sich in er-
stickten Schluchzern. „Ist ja schon gut", lenkte Juliane ein. „Ich wollte Heike ja bloß kurz etwas fragen
und ich dachte, wenn ihr eh' zusammen seid...".
„Versteh' ich ja, ich will da jetzt bloß nicht deswegen
runter", kam es aus dem Hörer gemurmelt. Es
knackte und rauschte, als sei etwas mit der Leitung
nicht in Ordnung. „Pass auf", jetzt klang Jamilah
wieder ganz nah an Julianes Ohr. „Ich sag's ihr,
okay? Und sie ruft dich dann deswegen an, ja? Ganz
bald". „In Ordnung", gab Juliane nach und die Situation entspannte sich. Sie tauschten noch ein paar
zärtliche Sätze, dann legte Jamilah den Hörer auf.

Stumm schaute Juliane eine Weile die Wand an,
dann machte sie sich auf die Suche. Sie musste eine
ganze Zeitlang kramen, dann glättete sie den zerknitterten Zettel in ihren Händen. Heike Dobrinski – ach

ja, so hießen die - stand darauf, darunter hingekrakelt eine Telefonnummer und am Rand noch der Satz 'Bitte, Mamma, nicht peinlich fragen'.

Obwohl sie sich nun noch schlechter fühlte, hob Juliane den Hörer ab und wählte die angegebene Nummer. „Bei Dobrinskis, hallo?" - „Oh, Frau Dobrinski, hier ist die Frau Saltur! Da bin ich jetzt mit der Nummer in der Zeile verrutscht und das um diese Uhrzeit, wie ärgerlich! Bitte entschuldigen Sie", Ihr gelang genau das richtige, gleichermaßen überraschte wie zerknirschte Glucksen für diesen Umstand.

„Ach, Frau Saltur, das macht doch nichts! Ist doch schön, dass wir uns mal wieder sprechen", rief Frau Dobrinski ins Telefon, eine sehr herzliche Person, die einen Gutteil ihrer Zeit damit verbrachte, ihre Kastenbrille durchs hübsche, runde Gesicht zu schieben. Auch jetzt entstand eine kurze Pause, als sie wohl die Gläser nach oben rückte. „Wir haben uns ja lange nicht gesehen, auch Ihre hübsche Jamilah nicht".

Juliane schluckte und schloss die Augen -, „Wir haben uns schon gefragt, was aus Ihnen geworden ist." - „Oh, uns geht es blendend", antwortete sie hastig. „Wir wollten uns schon die ganze Zeit einmal melden, aber jetzt, wo die Schule so anzieht...".

Wie sie erfuhr, hatte die ganze Familie Frau Dobrinski heute mit den Vorbereitungen für die Verlobungsfeier von Moni, der Ältesten, allein gelassen. Da wollte sie selbst nun auch nicht länger stören und nach ein paar höflichen Floskeln legte Juliane den Hörer wieder auf. Bei Heike war Jamilah offensichtlich nicht. Mit Andreas war Schluss. *Wo war Jamilah?* Bei wem verbrachte sie die Nacht?

Na, die würde morgen was erleben. Aber wenn sie hier schon betrogen und allein herumsaß, bot das wenigstens reichlich Platz für Verbotenes. Das sagte sich Juliane, fischte aus einem Versteck eine Zigarette hervor und goss sich ein Glas randvoll mit schwerem Rotwein ein.

Als sie sich trotzig und ungeübt die Zigarette anzündete, sann sie darüber nach, wie der „Engel, der umherschwebte", wie Uschi sie genannt hatte, sich so schwer damit tun konnte, einen netten Partner zu finden. In der künstlichen Kaufhauswelt kauften ihr die Männer eine gefühlte Tonne Geschirr ab, aber wenn es um eine gemeinsame Zukunft ging, lösten sie sich in Rauch auf, den Juliane nun in die Nacht blies.

Auch ihrem ständig überarbeiteten Stefan standen die Sinne nach einem gemeinsamen Abend offenbar nur dann, wenn sie ihn mit Tränen traktierte. War das in Ordnung? Sie wusste es nicht. Und Anwar...

Juliane fielen die Ratgeberschmonzetten wieder ein, die sie über lange Zeit konsultiert hatte. Unverblümt titelten die „Wie angle ich mir den Richtigen?" oder kamen verklausuliert daher, „Ich bin der Schlüssel zu meinem Glück". Der Einstieg hatte hier wie da machbar geklungen. Gefiel einem jemand, durfte, ja sollte man den Trieben freien Lauf lassen und die Grenzen der Erotik ordentlich ausdehnen. Auch wenn Juliane sich das zuweilen lieber nicht vorstellte, hier standen alle Türen sperrangelweit offen. Beim Gedanken an mehr als eine Nacht flogen sie aber sofort zu. Diese Idee geißelten die Autoren als viel zu früh, vollkommen unangebracht bis zerstörerisch. Besser also, man hielt den Verstand da raus und kippte kopfüber rein ins Abenteuer.

Anderntags hieß es dann den Kopf darüber schütteln, dass man sich Temperamentsbündel wieder einmal nicht hatte im Zaum halten können. Alles Zu-sich-kommen oder gar Nachfragen hätte potenziellen Partnern aber bloß die Pistole auf die Brust gesetzt, augenzwinkernd und scheinbar aus Erfahrung wurde davon dringend abgeraten. Also Mund zu, rein in die Klamotten und zurück in die einzigartige Vielfalt des eigenen Daseins, die einen bereits ungeduldig zu

Hause erwartete. Dort hockte man rundum zufrieden, ein Zustand, der quälender Warterei neben dem Telefon auch nicht im Ansatz ähnlich sah und schaute zuversichtlich nach vorn, während sich im Rücken sehr wahrscheinlich längst ein Wunder zusammenbraute, wie die Autoren versicherten.

Hatte man sich nicht allzu dumm angestellt, bekam er die Nacht nun nicht mehr aus dem Kopf und verlor diesbezüglich vor lauter Sehnsucht den Verstand. Fortan zeigte er für nichts mehr Interesse als für eine gemeinsame Zukunft und erst hier und wohlgemerkt im richtigen Kopf formte sich dieser Wunsch zu einer hocherfreulichen Angelegenheit.

Es war also mit zahlreichen Kontaktversuchen zu rechnen, wenn nicht gleich mit einem Ständchen unter dem Balkon. Das erste hätte sie schon erstaunt und dass jemand vor ihrem Haus sang, war Juliane noch nie passiert.

Also entweder, - tiefer Schluck -, war sie eine unbeschreibliche Niete im Bett, oder die Herrschaften stilisierten eine Art hormonell bedingten Lottogewinn, bei dem man es sich durchaus noch mal überlegen konnte und den Gewinn nicht abzuholen brauchte, wenn der ein Kind hatte, zum Normalfall. Das traf wohl eher zu, besonders weil die Bücher unisono damit endeten, dass man als Frau bei dem

Ganzen ohnehin nichts zu verlieren hatte, da man ja, Gipfel der Frechheit!, in seinem ausgefüllten Leben ohne Mann sowieso besser da stand. Vorausgesetzt natürlich, man wusste sich zu beschäftigen, wofür es, falls nötig, weitere Ratgeber zu kaufen gab. Spätestens hier flog das Buch in die Ecke und Juliane wollte ihr Geld zurück. Was natürlich nie geklappt hatte, da keiner den Käse wiederhaben mochte.

Juliane zog ein letztes Mal an ihrer sagenhaft freien und eigenständigen Zigarette und drückte sie dann in einem leeren, zum Aschenbecher umfunktionierten Döschen, aus. Fast war ihr, als sei es besser gewesen, ihre resolute Mutter hätte beizeiten einen Mann für sie ausgesucht. Vielleicht würde der wenigstens – Schluckauf! - ihre Vorliebe für Rotwein teilen.

Eine Gute Nacht-Geschichte
zum Fürchten

Und er wäre jetzt hier bei ihr gewesen. Das war das Entscheidende, gestand sich Juliane ein, als sie noch einmal aufstand und sich aus der Küche, sicher war sicher, Aspirin und ein Glas Wasser holte. Denn sobald jemand neben ihr die Augen schloss, zog er sie in der Regel durch tiefe Atemzüge mit in den Schlaf.

Alleine war es häufig genug so, dass sie über Stunden mit weit offenen Augen regungslos unter der Decke lag.

In ihre allumfassende Einsamkeit schlich sich dann ein ums andere Mal eine ausgesucht schöne Person, um wortlos und abgrundtief traurigen Auges mit ihr zu verschmelzen, während ihr dunkles und dichtes langes Haar geheimnisvollerweise innerhalb kürzester Zeit grau wurde. Weil in Wahrheit Jahrzehnte an ihnen vorüberzogen, Festungsjahre, die diese, eine gewisse Gräfin Cosel, eingeschlossen in einer Burg verbracht hatte. Neunundvierzig oder fünfzig nicht enden wollende Jahre lang.

Paul Saltur war ein überaus fürsorglicher und beinahe zärtlicher Mensch, der für sein Kind weit mehr Zeit erübrigt hatte als die meisten anderen Väter. Doch niemand hätte zu sagen vermocht, was es war, das ihn zuweilen abends an das Bett seiner damals sechs oder sieben Jahre alten Tochter zog, um ihr mit seiner manischen Erzählstimme ausgerechnet jene Geschichte ins Ohr zu raunen, welche von allen Gute-Nacht-Geschichten auf der Welt als letzte dazu geeignet war, kleine Mädchen in den Schlaf zu wiegen.

Vielleicht hatte er auch gar nicht bemerkt, wie schrecklich es der Reichsgräfin Cosel erging, weil die Zeit, aus der er berichtete, überhaupt reich an schlimmen Schicksalen war. Er selbst kannte es auch nicht anders, da gab es Jahre der Kriegsgefangenschaft, über die er nie ein Wort verlor. Und nicht zuletzt ging es ihm wie meistens im Grunde um die beiden ersten Porzellanhersteller. Um den vom Kurfürsten ebenfalls fast lebenslang eingebuchteten Johann Friedrich Böttger und dessen Freund und Förderer Graf Ehrenfried Walther von Tschirnhaus, einem von August sehr geschätzten Gelehrten der frühen Aufklärung.

Wohl mehr für sich selbst als für sein Kind stieg Vater Saltur gewöhnlich mit einer Art Parodie ins Geschehen ein, bei der Böttger, der auch mal zu tief ins Glas geschaut hatte, dem bereits verstorbenen Tschirnhaus berichtete, was so vor sich ging. Alles, was Juliane erklärt bekam, war, dass Böttger mit sich selbst ein Schwätzchen hielt, bei dem der tote Tschirnhaus noch in der Lage war, aus dem Glas heraus zu antworten. Böttger also:

„ ...Da hat uns heute wieder Seine Hoheit beehret, in Begleitung seiner entzückenden Cosel. Der Teufel soll mich doch holen, wenn das Weib nicht jedem Manne den Kopf zu verdrehen gradaus in der Lage wäre... Tschirnhaus! Spreche er frei aus dem Grabe heraus - Hat er es bemerkt?" - Tschirnhaus (im Glas): „Allmächtiger. Hat mein getreuer Böttger denn allezeit die Nas' im Ofen bei den Scherben stecken oder zu tief in diesem Humpen? So kenne er doch lang genug schon unsern August! Die ihn da begleitet hat, das war doch längst nicht mehr die Cosel. Unser Kurfürst beliebte für die doch auf Burg Stolpen Platz zu schaffen, es dürft' der guten Frau bei Hofe keiner mehr so schnell angesichtig werden. Und überdies, die Damen trennen doch Jahrzehnte – hat er das nicht bemerkt?"

An dieser Stelle lachte ihr Vater in sich hinein und Juliane verstand überhaupt nichts. Sie versuchte, sich Gehör zu verschaffen. „Wieso, was war denn mit Frau Cosel?" Und so nahm die Geschichte einen ganz anderen Verlauf.

Ihr Vater musste ihr erklären, dass die Reichsgräfin Cosel, eigentlich Anna Constanze und aus holsteinischer Adelsfamilie, eine für ihre Zeit ebenso außergewöhnlich gebildete wie selbstbewusste Frau war, äußerst temperamentvoll und darüber hinaus bildschön. Nach der Geburt eines unehelichen Kindes und einer unglücklichen Heirat wurde sie für einige Jahre die Mätresse Augusts des Starken und hatte mit ihm zusammen drei Kinder.

Was etwas heißen wollte, denn August sammelte die Frauen wie sein Porzellan. Und weil er unbedingt auch noch König von Polen werden wollte und es für diesem Zweck geraten schien, sich mit einer polnischen Gräfin einzulassen, sollte Anna Constanze, die er zuvor zur Reichsgräfin Cosel hatte ernennen lassen und der er schriftlich die Ehe versprochen hatte, schnellstmöglich das Feld räumen.

Als Juliane groß war und nachlesen konnte, dass sich alles tatsächlich so zugetragen hatte, wie es ihr der Vater in Kindertagen am Bett erzählt hatte, ärgerte sie sich schwarz über den salbungsvollen Ton in den Geschichtsbüchern.

Diese bescheinigten dem Kurfürsten August durchweg, er habe gar nicht anders gekonnt, als den politischen Verhältnissen nachzugeben und sich der „launischen" und „aufmüpfigen" Gräfin Cosel zu entledigen.

Der Kurfürst ließ sie bei dem Versuch, an ihre verbrieften Rechte zu gelangen, festnehmen und aus eben diesem Grund auf der Burg Stolpen für den Rest ihres Lebens einsperren. Während die Historienschinken eine Menge Zeilen darauf verwendeten, August dafür zu loben, dass er sich im Austausch einiger preußischer Oppositioneller gegen Anna Constanze dafür stark gemacht hatte, dass die Widerständler in ihrer Heimat nicht wie sonst üblich sofort hingerichtet wurden, galt das halbe Jahrhundert der Cosel auf der Festung als so etwas wie ein stark ausgedehnter Urlaub, beziehungsweise als Heimstatt, von der sie später nicht mehr wegzulocken war.

Ohnehin war ihnen das Ganze nur einen kurzen Absatz wert, während ihr Vater dafür gesorgt hatte, dass die unglückliche Gräfin seit vielen Jahren durch Julianes Nächte spukte. Womit sich diese wiederum viel von ihrem schwachen Nervenkostüm erklärte. Würde Anna Constanze sie nicht regelmäßig heimsuchen, wäre Juliane bestimmt erst im Klimakterium so weinerlich geworden, wo es dann sowieso niemanden mehr interessierte.

Ausgerechnet ihre unterkühlte Mutter hatte in Sachen Cosel noch einiges verhindert und damit Land gewonnen bei Juliane. Immer wenn Hertha ihren Mann im Kinderzimmer raunen hörte, kam sie hereingeschossen, scheuchte ihn unter einem Vorwand hinaus und nahm seinen Platz ein. Mit einer Stimme, die keinen Zweifel kannte, erklärte sie Juliane, dass nichts auf der Welt junge Damen besser kleiden könne als eine hübsche Hochsteckfrisur, vorzugsweise bei hellem Haar. Dazu passten am besten und möglicherweise unvermutet dunkelrote Granatohrringe.

Wer sich zunächst nicht vorstellen konnte, wie gut blond und rot zusammengingen, für den hatte ihre Mutter beweiskräftige Abbildungen aus der *Frau im Spiegel* herausgeschnitten und in einem kleinen Ordner zusammengetragen. Die kleine Juliane streckte die Finger unter der Bettdecke hervor, um die Bilder zu betasten und wünschte sich Granatschmuck.

Ach, Mamma, wie viel leichter war es doch, sich davon in die Träume gleiten zu lassen, dachte sie auch heute wieder dankbar und begann in der Erinnerung an beflaumte Nacken und zierende Ohrgehänge schließlich zu sinken, an allem Ärger und diversen Stadien des Bedauerns vorbei, endlich hinein in tiefen Schlaf.

*

Vor ihrem Ritt durch tausend Gräder Höllenbrand,

da haben die Scherben einander geschworen,

von ihnen sei keiner verloren,

für den nicht auch ein Herz gebrannt.

*

Das Gespräch

War der letzte Morgen schon nicht angenehm abgelaufen, so gestaltete sich dieser hier geradezu fürchterlich. Der Weckerton, unglücklicherweise eine Art Gong, traf Juliane wie ein Hammerschlag, von dem sie sich unter vagem Was-wie-wo einige Minuten lang, ohne sich zu rühren, erholen musste. Anschließend torkelte sie eine Weile ziellos durch die Wohnung und griff schließlich notgedrungen wieder auf die vergilbte, in der Küche hängende Liste zurück, die ihr jeden Schritt am Morgen vorschrieb.

Vor Kaffee und Müsli in ihren Schalen aus schwerem dunkelblauen Steingut kam sie dann ein wenig zu sich. Bis um kurz nach halb acht plötzlich das Telefon läutete und Jamilahs Freundinnen Heike und Viola ihr eine obskure Geschichte auftischten. „Frau Saltur, dass Sie sich nichts denken – die Jamilah hat gestern nicht bei mir geschlafen, sondern bei der Viola!", rief Heike in den Hörer. „Und die Eltern von Viola sind nämlich verreist." - „Ja, meine Eltern sind nämlich verreist", tönte es wie ein Echo hinter ihr.

„Aha", sagte Juliane nur. Das klang keineswegs beruhigend. Viola war ein kaugummikauendes kleines Ding mit schnippischem Augenaufschlag, das sie lieber nicht an Jamilahs Seite sah. „Bitte Frau Saltur, Sie dürfen meinen Eltern nicht erzählen, dass ich bei Ronnie übernachtet habe", flehte Heike. „Heike, du bist sechzehn. Da werden deine Eltern doch nicht durchdrehen, wenn du einen Freund hast", fuhr Juliane genervt dazwischen.

Heikes Vater machte wahrlich nicht den Eindruck, als würde er seine Töchter mit dem Knüppel verfolgen, falls er sie mit Freund erwischte. „Nein, Frau Saltur, aber die wissen gar nichts von dem, weil sie mir nie erlauben würden, bei ihm zu übernachten. Und jetzt wären sie echt wütend", fügte Heike nach einem kurzen Moment hinzu.

Juliane überlegte. Die beiden beteuerten viel, sagten aber insgesamt wenig. „Wo ist denn eigentlich Jamilah und warum ruft sie nicht selbst an?" - „Englisch!!", tönte es im Duett aus dem Hörer.

Heute früh wurde doch ein Englischtest geschrieben, für den sich Jamilah nicht hatte vorbereiten können, weil sie doch gestern zum Geburtstag ihrer Oma hatte gehen müssen. Und jetzt saß sie fieberhaft paukend im Klassenzimmer und ließ schön grüßen. „Und Sie haben doch mit mir sprechen wollen, Frau Saltur!", erinnerte sie Heike. „Ja, aber das müssen wir verschieben, ich muss jetzt los zur Arbeit", wollte Juliane das Gespräch beenden. „Bitte Frau Saltur, die Jamilah hat nichts Böses gemacht, Sie können da voll drauf vertrauen, Frau Saltur", langsam klangen ihr von dem Gequäke die Ohren. „So wie deine Eltern dir, nicht wahr, Heike?"

Geschafft, nun heulte Heike los und musste von Viola getröstet werden. Juliane ließ sich breitschlagen, niemanden zu verraten und stürzte los zum Bus. Während sie hinter sich die Haustür zuzerrte, sah sie im Geiste ihre eigenen Eltern stumm und entgeistert über sie den Kopf schütteln, Jamilahs Erziehung war eine einzige Katastrophe.

Ganz klar war sie von den Mädchen eben nach Kräften verschaukelt worden, aber dieser Mischung aus Durchtriebenheit und Tränen war einfach nicht beizukommen. Und sie hatten sie irgendwie bei der Achillesferse zu packen gekriegt – wider Willen und völlig zu Unrecht fühlte sie sich auch noch von den Dingern respektiert. Blieb nur zu hoffen, dass sie sich bei ihrer Unterhaltung mit dem Geschäftsführer gleich gescheiter anstellte.

Ein Gutes hatte der ganze Ärger immerhin, sagte sich Juliane auf dem Weg zur Arbeit. Er hatte verhindert, dass sie sich über das bevorstehende Gespräch mit Herrn Schmitz groß aufregen konnte.

Genau genommen war es ja bei hochtourigen Leuten wie ihr die reine Qual, so etwas für den nächsten Tag zu vereinbaren, denn bis dahin hatte man richtig Zeit, sich Gedanken zu machen. Nun blieben aber nur die paar Minuten im Bus, um darüber nachzusinnen, was dieser Mensch denn eigentlich von ihr wollte.

Ein festes Ziel vor Augen konnte nicht schaden, überlegte Juliane und nahm sich vor, möglichst viel

Geld bei der Sache herauszuholen. Endlich einmal sollte sich die nervenaufreibende Hektik in diesem Laden für sie auszahlen.

Juliane hatte Glück, dass sie auf der Treppe zum fünften Stock Frau Hering, der fürs Chefbüro zuständigen Sekretärin, in die Arme lief. Denn auch wenn von außen jeder wusste, dass die hohen Bogenfenster oben unterm Dachfirst zu den Räumen der Geschäftsleitung zählten, war es innen nicht einfach, den Eingang auszumachen. Zumal die Sekretärinnen in einem kleinen Kabuff nebenan residierten und sich alle Personalangelegenheiten dort abspielten. „Gehen Sie nur", sagte Frau Hering, öffnete eine schmale Tür mit der Aufschrift „Geschäftsführung" und schob Juliane in einen langen Gang, in dem wie eine Nebelwand kalter Rauch stand.

Schmitz kam ihr mit stelzenden Schritten entgegen, in der Linken seine Pfeife. Er reichte ihr kurz die Hand, trat dann hinter sie, um im Gehen die Pfeife weiter stopfen zu können und schien es überhaupt eilig zu haben, sie vor die grandiose Kulisse seines Reichs zu schieben, bei dem die Bogenfester einen erlesenen Blick über Berlin boten.

Mit dem Rücken zu dieser Pracht saßen zwei weitere Herren auf einer hochmodernen Sitzgelegenheit aus Chrom und viel dunklem Leder. Den einen, ein schwer schnaufendes Gebirge von einem Mann mit verdunkelter Gesichtsfarbe, stellte der Geschäftsführer als seinen geschätzten Kollegen Herrmann Mittlich vor, er war wohl mit der Juristerei im Haus betraut.

Juliane fühlte sich tief verunsichert, hatte sie doch gehofft, mit Schmitz allein reden zu können. Das wurde auch nicht besser, als sie sich den zweiten Herrn genauer betrachtete.

Dr. Kai-Bruno Lohjewsky, studierter Betriebswirt, war nach Schmitz' umständlichen Bemerkungen zu urteilen so etwas wie der Kronprinz-Geschäftsführer und für sich genommen von recht einnehmendem Äußeren. Ohne genau zu wissen warum, störte sich Juliane an seinen Manschettenknöpfen, kleinen goldenen Golfbällen, und an seiner Krawatte voller winziger, Polo spielender Reiter. Echt unangenehm war ihr jedoch sein Blick, der offen ließ, in welches seiner Beuteschemen sie passte. Taugte sie noch zum Anbaggern oder hatte er sie bereits gefressen?

Nein, Dr. Lohjewsky war gewiss nicht ihr Fall. Schlussendlich gab es noch in einer Ecke einen gewissen Herrn Schlatzinger für das Protokoll, der sich kurz erhob und ansonsten alles tat, damit ihn alle gleich vergaßen.

'Nun hör' aber auf!', ermahnte im Geiste ihre Mutter Hertha die überreizte Juliane, der davor graute, allein gegen diese Herrenriege anzutreten. 'Das ist doch eine schöne Chance, die man dir hier gibt. Schau doch mal hin, was für Aussichten! Und Vorgesetzte sind auch nur Menschen, das solltest du nie vergessen. Nicht, dass du dich hier gleich wieder wie ein Elefant aufführst und schon vorher alles kaputt machst.'

Ihre Gesprächspartner machten es Juliane allerdings nicht einfach. Vor Mittlich stand bereits ein drei Viertel volles Weißbierglas, Schmitz wollte sich mit einem beiläufigen „Sie gestatten doch" die Pfeife anzünden. „Oh, bitte nicht. Ich habe leider so eine dumme Allergie, da wird mir bei Rauch schnell die Luft knapp!" Auf Julianes von einem strahlenden Lächeln begleiteten Einwand hin schwebte die Hand mit dem Feuerzeug geraume Zeit unschlüssig über der Pfeife und sank dann langsam herab.

„Ach so, tja! Nun...", Schmitz seufzte und warf das Feuerzeug auf den Tisch, Lohjewsky raschelte auffordernd mit einem Stapel Unterlagen. Es war aber Mittlich, der das Gespräch eröffnete, wobei sein gewaltiger Resonanzkörper seine an sich recht hohe Stimme dröhnend begleitete. „Wir haben uns die Zeit genommen und da einmal Ihre Akten durchgeschaut, Frollein... öhm...ja, Saltur. Ihre Umsatzzahlen sind ja wirklich phänomenal." Sie nickte erfreut, auch wenn sie wohl eben nicht recht gehört hatte, Frollein?

Von Lohjewsky wurde sie jetzt jungenhaft unbefangen angelacht. „Von Ihrer Tour kann man ja noch was lernen! Sagen Sie, haben Sie dafür irgendein Geheimrezept oder so was?" Er blätterte sich durch die Papiere ohne hinzusehen. „Geheimrezept? Oh nein, ich denke nur, wenn man..." - „Schön!", unterbrach sie Schmitz, „Daraus lässt sich doch ganz sicher etwas Schönes machen, Frau Saltur! Deshalb haben wir Sie rufen lassen und wollen hier und heut' mit Ihnen darüber reden."

Dies wäre der Moment gewesen, in dem sie sich einfach hätte über mehr Geld freuen können, was ihre Motivation sicher noch steigern könnte, aber da ging es schon ohne Pause weiter. „Wir haben uns nämlich gemeinsam überlegt, dass wir Ihnen ein schönes... ja... Angebot unterbreiten wollen. Für Sie wäre das ein echter Aufstieg, ...ähm... also das würde für Sie direkt beruflich schon ganz neue... - eine ganz neue Tür aufmachen...".

Unvermittelt entstand nun doch eine Pause. Mittlich nahm schmatzend einen Schluck Bier und scheuerte sich mit einer übel aussehenden Serviette den

Schnauzer. Juliane räusperte sich und sah rasch weg, bevor ihr noch schlecht wurde. „Ach, ja? Und woran dachten Sie genau?"

Es kam leise, sie nahm sich vor, lauter zu reden. Alle drei Herren beugten sich vor, um sie besser zu hören. „Nun ja, Frau Saltur, Ihr Verkaufstalent befähigt Sie schon zu einer... ähm... eher leitenden Position", Schmitz hatte wieder begonnen, die Pfeife zu stopfen. „Was würden Sie denn davon halten, wenn Sie, also in der Porzellanabteilung, ab sofort... das Ruder übernehmen?"

„Wie jetzt?", Juliane war baff. „Und was wird aus meinem Chef, dem Herrn Teuterich?". Sie schaute mit großen Augen von einem zum anderen. „Ach so, Ihr Abteilungsleiter. Der Herr Teuterich", sagte Lohjewsky langsam und knallte dann unvermittelt mit der Hand auf den Tisch. „Na, der wird schon auf sich gucken, der Herr Teuterich. Oder tun Sie das für ihn?". Alle drei neigten sich noch weiter vor und starrten sie an. „Äh, nein. Warum sollte ich?" Die Situation entspannte sich wieder. Schmitz stopfte und stopfte, Mittlich rutschte leise grunzend über das Sofa und Lohjewsky betrachtete sie nun fast hingerissen.

Juliane stand unter Schock. Unter Lohjewskys blauen Augen, die wie Suchscheinwerfer auf ihr hafteten, konnte sie sich auf einmal selber in einem Chalet auf weißen Eisbärenfellen räkeln sehen. Vor ihr knisterte ein Holzfeuer, draußen versperrte ein dickes Auto den Blick auf eine glitzernd verschneite Landschaft. Ein Dr. Lohjewsky im Bademantel reichte ihr Champagner, worüber sie sich, teuer gefönt und in Spitze gehüllt, halb tot kicherte.

Mein Gott, Juliane schüttelte sich und konzentrierte sich so gut sie konnte auf Schmitz, der unverdrossen erzählte und erzählte. Eben ließ er sich darüber aus, dass die Porzellanabteilung leider, trotz der eindrucksvollen Erfolge unserer jungen Mitarbeiterin hier, - Nicken in ihre Richtung - , die größten Defizite im ganzen Haus zu verzeichnen hatte. Vom hübschen Porzellan konnte heutzutage keiner mehr leben, nicht einmal die Hersteller selbst.

„Villeroy & Boch machen ihre Geschäfte ja zu neunzig Prozent mit ihren sanitären Anlagen und das läuft ja überall so", rief Mittlich mit wegwerfender Geste und lachte dröhnend, wobei seine Körpermasse zeitverzögert nachschaukelte. Lohjewsky warf ihm einen bösen Blick zu und rückte von ihm ab, hatte aber zu ergänzen, dass all die Geschirrstapel, die einem in der Porzellanabteilung den Weg versperrten, daran auch nichts ändern konnten. „Das sieht ja schlimm aus, wie auf dem Krempelmarkt!

Der reinste Ausverkauf. Fehlt nur noch, dass wir den Leuten das Zeug hinterher schmeißen...".

Kollegin Uschi kam Juliane in den Sinn und ihr windmühlenhafter Kampf um ihre ebenso zauberhaften wie dezenten Tischdekorationen. So ansprechend diese auch waren, Stefan pflegte augenblicklich darüber herzufallen. „Hübsch machen sich das die Leute zu Hause, Frau Adlboden. Für so was gibt's Kurse. Wir möchten, dass man sich hier gleich alles vollständig mitnehmen kann. Dem Kunden soll bei uns ins Auge fallen, dass es an nichts fehlt!" Alles Dekorieren war in seinen Augen Platzverschwendung. Nach jedem vergeblichen Vorstoß schleppte Uschi wieder Unmengen Tellerstapel aus dem Lager nach oben und knurrte dann regelmäßig, „Komm, schubs' mich doch einfach!".

War es denkbar, dass die junge Kollegin mit ihrem treffsicheren Instinkt die ganze Zeit geahnt hatte, was sich nun hier gerade abspielte und sich deshalb so sehr für Juliane einsetzte? Um schließlich in ihrem Fahrwasser mit aufzusteigen? Juliane schauderte. Ihr öffneten sich hier auf einmal Horizonte, die sie sich nicht hatte vorstellen können – und von denen sie gar nichts hatte wissen wollen.

„Wir können uns ja denken, Frollein Saltur, dass es für Sie am Anfang nicht leicht wird, sich gegen manche Ihrer Kollegen durchzusetzen", grölte Mittlich nun mitten in einen Satz von Schmitz hinein, Juliane war versucht, sich die Ohren zuzuhalten. „Aber da brauchen Sie sich keine Sorgen zu machen, damit lassen wir Sie nicht alleine im Regen stehen."

Er sah väterlich drein, auch die anderen schauten jetzt bemüht freundlich. „Und da ist uns natürlich auch eine schöne Idee gekommen", fuhr Mittlich fort. „Wir überlegen ja schon länger, wie man fleißige Leutchen wie Sie und ehrliche Arbeit wieder gerecht belohnen kann. Und es gleichzeitig denen ein bisschen schwerer macht, die sich weiter auf unser aller Kosten einen faulen Lenz machen." Er ächzte, fiel zurück und überließ es den anderen, konkreter zu werden.

Wie Juliane nun erfuhr, wollten sie ein Grundgehalt einführen, das nach oben hin „ordentlich Raum für die zu erwartenden Belohnungen ließ", wie Schmitz es formulierte. Es würde also spürbar unter dem jetzigen Durchschnittsgehalt liegen. Die chronischen Defizite in der Porzellanabteilung ließen ihnen praktisch keine Wahl, doch Verkaufstalente wie Juliane hatten keinerlei Einbußen hinzunehmen, ganz im Gegenteil. Bei dem angedachten Prämiensystem, das sie bei ihrer Beförderung praktischerweise gleich mit einführen wollten, handelte es sich um ein längst

überfälliges Regulativ, bei dem die Fleißigen finanziell von Anfang an besser dastünden als jemals zuvor
und die Faulheit der Übrigen endlich einmal dahin
käme, wo sie gerechterweise hingehörte, nämlich ans
Tageslicht. „Damit wir uns richtig verstehen, wenn
da jemand mal ein Tief hat oder eine ganze Familie
mit drannehängt, werden wir doch einen Teufel tun
und den nicht gleich rausschmeißen", tönte Mittlich,
nun ganz gütiger Brummbär. „ Aber man braucht
sich nicht mehr alles bieten zu lassen bei dauerhaft
miesen Umsätzen."

Je länger er sprach, um so intensiver roch es im
ganzen Raum nach Kneipe. „Es ist ja schlimm, was
für ein Schlendrian hier mancherorts herrscht. Und
genau davor soll unser neues System Sie schützen,
junge Frau. Falls sich jemand absolut nicht unter Ihrer Leitung fügen will und immer nur gegen das
Haus arbeitet, schauen wir uns die Zahlen eben mal
genauer an!"

Gisela Hartmann-Pracht fiel Juliane ein. Die
Möchtegern-Chefin vom Dienst, die um so unverzag-
ter auftrat, je mehr ihr Stefan durchgehen ließ. Sie
war im Betriebsrat, was sie eher noch beflügelte, das
Kommen und Gehen der anderen strenger zu über-
wachen als der eigentliche Chef es schon tat. Aus-
nahmen ließ sie nur bei sich selbst zu, einen Grund

gab es immer. „Spontan einberaumte Konferenz, da hat eine Kollegin wieder gewaltig Ärger mit denen da oben", oder „Ich muss los, hoffentlich lässt sich da noch was schlichten...".

Zähneknirschend musste sich Juliane allerdings eingestehen, dass die Kollegin recht damit gehabt hatte, ihre Verkaufserfolge am Vormittag zu bekritteln. Was einem zufällig einmal glückte, das wurde für die Herren auf ihrem Chromsofa hier sofort zum Standard. Und dann brauchten sie nur noch zu schauen, wer ihren neuen Bedingungen gerecht wurde und wer nicht. Flugs war das Beste kaum noch gut genug, der Rest sollte die Firma längerfristig wohl am besten von hinten sehen. Betriebsrat sein würde da auf die Dauer nicht schützen, spätestens bei der nächsten Wahl stand alles auf der Kippe. Und Gisela Hartmann-Pracht, geschieden, zwei längst erwachsene Söhne, hatte bloß noch das eigene Maul zu stopfen und laut einem Herrn Mittlich damit keine Schonung mehr verdient.

Juliane hatte schon seit geraumer Zeit den Mund nicht mehr aufgetan, was ihren Gesprächspartnern nicht weiter aufgefallen war. Ihr fiel auch absolut nichts ein, womit sie ihren Vorgesetzten auf der Couch hätte klarmachen können, was der ganze tolle Plan für diejenigen, die sich weiter unten die Beine in den Bauch standen, bedeuten würde. Und selbst wenn ihr etwas eingefallen wäre, hätte es diese „Auch-nur-Menschen" überhaupt gekümmert? Vermutlich so sehr wie all der „Krempel", der im Weg herumstand und den es zu verscheuern galt, inklusive solcher Leute wie ihrem Vater, die das Zeug hergestellt hatten.

Wenn man im Reich eines Dr. Lohjewsky nicht vorhatte, sein Leben als Fackel zu verlodern, dann hatte man darin nichts verloren und konnte einpacken, ganz so wie Schmitz es offenbar vorhatte. Oder warum nickte er Juliane nun müde zu, als wüsste er längst, was in ihr vorging?

Vor Julianes geistigem Auge strauchelte und stürzte ein Kollege nach dem anderen. Was erwartete zum Beispiel ihre Intimfeindin Heidelinde Greuner? Beide sparten ja nicht mit Gift, wenn sie einander über den Weg liefen, aber das hier wäre eine neue Dimension. Überhaupt war die Greuner längst angezählt, man munkelte von Brustkrebs. Nicht nur würde sie das neue Grundgehalt, über das sie nie weit hinauskäme, im Nu verarmen lassen, einer zehn Jahre jüngeren Chefin, die den Druck von oben an sie weiterreichte, wäre sie wohl kaum gewachsen - und Juliane müsste ihr beim Eingehen zusehen.

Blieb schließlich noch sie selbst. Sicher gab es in ihrem Leben einiges zu verbessern, wenn sie an die Cosel, ihre pubertäre Tochter, die schwierigen Kerle und ihre nervige Mutter dachte, die schon das Richtige wollte, aber selten den richtigen Ton traf. Sah man über alles hinweg, lief es für Juliane aber gar nicht mal schlecht. Solange sie ihr Porzellan und die Menschen, die es kauften, wenn schon nicht liebte, so doch immerhin mochte. Wie gestaltete sich dies, wenn es nur noch um Umsatz ging, um Machtspiele und um Entlassungen?

„Für eine Führungsposition bin ich nicht ausgebildet und eigne mich auch nicht dazu. Und was den Krempel angeht, als den Sie unser Porzellan bezeichnen. Da lässt sich in meinen Augen durch ein Prämiensystem nichts besser verkaufen. Im Gegenteil, dadurch geht noch eine Menge zu Bruch."

Nach dieser für sie langen Rede fühlte sich Juliane so erschöpft wie nach einem Marathon, es drängte sie hinaus. Ein ungemütliches Schweigen hatte sich über dem verqualmten Raum ausgebreitet. Lohjewsky hatte sich schon vor einiger Zeit eine Zigarette angezündet und blies nun langsam und mit schmalen Augen den Rauch in Julianes Richtung. Mittlich schnaufte hilflos, als läge er in seinen letzten Zügen und Schmitz saß unbeweglich auf seiner Sessellehne, den Pfeifenarm starr hochgereckt. „Na, das hätten Sie uns aber auch mal früher wissen lassen können", befand er schließlich und die Herrenrunde schien sich einig. Kühl nickten alle einander noch einmal zu und mit ausholender Bewegung geleitete Schmitz Juliane in Richtung Gang.

Siebenunddreißig

Taumelnd fand sich Juliane vor der schmalen Tür mit der Aufschrift „Geschäftsführung" wieder, ihr war entsetzlich übel. Aus irgendeinem Grund schienen ihre Knie weich wie Butter. Sollte sie Stefan nun um mehr Geld bitten, weil das da drinnen so gar nicht hingehauen hatte? Aber dann müsste sie ihm im Gegenzug auch etwas von diesem Gespräch mitteilen und das ging nicht.

Aufstöhnend bedeckte sie das Gesicht mit den Händen, als die Tür des Kabuffs, vor dem sie stand, aufging und jemand sie am Arm hereinzog. „Das geht ja so nicht. Sie kriegen jetzt erst mal 'nen Kaffee, bevor es weitergeht", befand Frau Hering, setzte Juliane auf das karge Stühlchen vor ihrem Schreibtisch und riss eine Fensterluke auf. Frische Luft strömte über Julianes Gesicht, oh, wie herrlich! Hatte sie denn nie bemerkt, was in diesem Hause für ein Klima herrschte? Frau Hering fügte dem Kaffeepott, den sie vor Juliane auf den Tisch stellte, noch ein Schnapsglas hinzu und schenkte aus einer bauchigen Flasche ein. Cognac? Juliane stürzte das Zeug hinunter und japste erleichtert.

„Ja, man muss die Leute wieder aufbau'n, wenn die von drüben kommen", stellte die Sekretärin sachlich fest und plombte die Flasche wieder zu, von Julianes sehnsüchtigen Blicken begleitet. Sie überlegte es sich anders und gab beiden noch einen Schuss in den Kaffee. „Ach, Frau Hering, ich glaub', ich hab' da drinnen alles total vergeigt", jammerte Juliane ihr etwas vor. Mathilde Hering winkte ab. „Lassen Se mal, so fühlt sich komischerweise neuerdings jeder, der da rauskommt! Der Schmitz geht ja noch, bei dem Mittlich isses nur eine Frage der Zeit, das erledicht sich von selbst. Aber der Lohjewsky", - Augenaufschlag zu Juliane - , „der ist gefährlich. Irgendwann kriegt der Mensch hier alles durch, was er will. Man kann nur hoffen, noch nicht gleich. Und solange machen wir hier einfach weiter."

Um das Jahr 1854 herum begann ein gewisser Pierre-Auguste Renoir mit gerade mal 13 Lebensjahren in einer kleinen Manufaktur mitten in Paris als Dekorationsmaler zu arbeiten. Zwei Jahre später gelang es ihm damit nicht bloß seinen Lebensunterhalt zu bestreiten, sondern er hatte sogar etwas für schlechte Zeiten sparen können und unterstützte obendrein finanziell seine Eltern.

Wieder zwei Jahre darauf hatte ihn die Realität in Form des wachsenden Fortschritts eingeholt. Weil es inzwischen möglich wurde, fertige Stiche in großem Stil auf Steingut und Porzellan zu übertragen, konnten Fabriken viel bedrucktes Geschirr zu kleinen Preisen produzieren. Motive wie das Profil der fünfzig Jahre zuvor hingerichteten französischen Königin Marie Antoinette, - auch durch Renoirs Pinselschwung auf zahllosen Bechern verewigt - , waren begehrt und fortan in Frankreich außerordentlich häufig zu finden.

Der junge Renoir stemmte sich noch eine Zeitlang gegen den Trend, - indem er kostengünstiger und im Akkord schuftete - , musste aber alsbald einsehen, dass die Leute die modernen Serienprodukte weit lieber einkauften als den von Hand bemalten Kram. Frustriert ließ er das alles sein, verschrieb sich der Malerei und damit über Jahrzehnte einem äußerst bescheidenen, zuweilen sogar kärglichen Dasein.

Wurde Paul Saltur eines Renoirschen Gemäldes ansichtig, konnte Juliane ihn direkt sagen hören, es leuchte deshalb so farbenprächtig, weil jener im Grunde nie etwas anderes hatte sein wollen als Porzellanmaler. Bei solcher Gelegenheit fügte ihr Vater hinzu, dass ihn selbst auch hundert Jahre nach den Vorkommnissen in Paris aller Erwartung zum Trotz immer noch kein Druckverfahren ersetzt hatte. Was nicht hieß, dass ihn die Angst davor nicht sein Leben lang verfolgte.

Soweit sich Juliane erinnern konnte, hatte sich Renoir laut ihrem Vater sogar noch daran versucht, die Landschaften Watteaus auf Porzellan unterzubringen. Dies erwies sich jedoch vor allem des üppigen Grüns wegen als zu zeitaufwendig und war zudem bereits hundert Jahre früher in Meißen dank Kupferstichen und Radierungen leichter und schneller gelungen.

Auf einen Künstler konnte man also schon damals gut verzichten und selbst das Leben des großen Vorbilds war alles andere als leicht, wie das trübsinnige Porträt Watteaus und sein schwindsüchtiger Tod zwischen den Schäferidyllen mit gerade mal siebenunddreißig Jahren bezeugten.

Keine zwei Jahre zuvor hatte es im selben Alter in Meißen den ersten europäischen Porzellanhersteller Johann Friedrich Böttger dahingerafft, Todesursache kolossaler Burnout nach langer „Schutzhaft" unter einem alten Bekannten, August dem Starken.

Wobei Böttger seinen Herrscher anders als die Gräfin Cosel wahrscheinlich häufiger sah, als ihm lieb gewesen sein dürfte. Den interessierte bei seinen Besuchen natürlich nicht Böttgers Verfassung angesichts giftiger Essenzen, brandheißer Öfen, andauerndem Leistungsdruck unter Todesängsten, Einsamkeit und Alkohol, sondern ausschließlich, wie weit die Experimente seines „Schützlings" gediehen.

Was hätte solch einen Mann wie August den Starken eigentlich menschlich bewegen können, überlegte sich Juliane, die, mit Frau Herings' Schnaps in den Adern heute ausnahmsweise die Rolltreppen nach unten nahm. Vielleicht ja noch am ehesten das Ende der Marie Antoinette, die auch siebenunddreißig war, als sie unter der Guillotine landete - aber zu der Zeit war Sachsens legendärer Kurfürst lange tot und begraben.

Blieb ihr hoch gerechnet noch bestenfalls ein Jahr, wenn sie demnächst sechsunddreißig wurde, dachte Juliane, was ihr nicht sehr logisch, aber auf seine Art beängstigend folgerichtig vorkam. Na toll, das ließ sie ihrem Geburtstag ja regelrecht entgegenfiebern.

Wobei sie nun um ein Haar über den Rolltreppenabsatz geflogen wäre, als die letzte Stufe sehr plötzlich darunter verschwand.

119

Den schweren Kopf noch schwerer in Gedanken, vollführte sie wie ferngesteuert den Schlenker zur Treppe ins dritte Geschoss, als von gegenüber wie selbstverständlich Stefan zu ihr stieß. Nebeneinander fuhren sie hinunter, als gäbe es für sie beide keinen anderen gemeinsamen Weg als diesen.

Stefan brauchte ihr nur einen kurzen Blick zuzuwerfen, dann schien er zu wissen, wie ihr Gespräch bei dem Geschäftsführer verlaufen war. Er äußerte nur „Na, Mensch", sah dann weg, schaute wieder zu ihr hinunter, sie sah zu ihm hinauf. „Das hast du dir auch anders vorgestellt, oder?" bemerkte er, was sie durch Blinzeln und Kopfnicken bestätigte. „Kinder, Kinder - das sind da oben Typen!"

Wie er das sagte und seine bloße Gegenwart waren jetzt um so vieles tröstlicher als irgendetwas anderes, ihr Gehalt zum Beispiel. „Gut, dass wir den Betriebsrat direkt in der Abteilung haben, dank der Hartmann-Pracht. Das dürfte auch die ehrgeizigsten Pläne erstmal noch eine Weile aufschieben", sagte Stefan noch, ohne von ihr durch ein einziges Wort über das neue Prämiensystem informiert worden zu sein.

„Sag' mir nur, Stefan, bedeute ich dir irgendetwas?", fragte sie ihn unvermittelt. „Natürlich tust du das, Juliane", sagte er warm. Sie lächelten einander an, dann liefen sie am Fuß der Treppe auseinander.

Danach wurde alles ein bisschen leichter. Selbst die notorisch Orientierungslosen unter den Kunden - „Ist das nicht die Damenoberbekleide hier?" - „Ich komme seit Jahren her! Warum müssen Sie immer alles umräumen, macht Ihnen das Spaß?" - kamen ihr ein wenig erträglicher vor.

Einzig der Anruf ihrer Mutter in der Abteilung, „Salturs Mutter am Telefon! Weiß einer, wo die steckt...?", versetzte Juliane schon von weitem gleich wieder in Rage. Bloß aus Angst, dass etwas passiert sein könnte, rief sie zurück. „Mamma, was ist denn?". „Gar nichts, meine Liebe. Mir fällt hier nur ein bisschen die Decke auf den Kopf. Deshalb komme ich morgen mal in dein Kaufhaus, dann können wir zusammen zu Mittag essen, in eurem schönen Bistro!"

Das hatte gerade noch gefehlt, aber gut. Um wenigstens für heute ihre Ruhe zu haben, sagte Juliane ihrer Mutter zu. Anschließend rief Jamilah an. „Salturs Tochter ist am Apparat...", „Komme schon. Ja?" - kam Juliane, mitten aus einem Kundengespräch heraus, angeschossen. „Mammi, nicht bös' sein, weil ich gestern nicht die Wahrheit gesagt habe und bei der Viola übernachtet habe", klang Jamilahs Stimme lammfromm an ihr Ohr. „Nicht böse? Jamilah, so geht das einfach nicht...". Es war laut, die Kundschaft wartete und entkräftet wie sie war, schaffte es Juliane einfach nicht, das Donnerwetter zu versprechen, was sicher nötig gewesen wäre. Frustriert legte sie den Hörer wieder auf.

„Ärger?", fragte ihr Kunde, sichtlich interessiert. Es war ein dicklicher, nicht sehr großer Typ von Mitte zwanzig, der einfach nicht wieder gehen wollte, obwohl in dieser Abteilung wirklich gar nichts zu ihm passte. Seine Augen glitzerten verdächtig hinter den runden Brillengläsern. „Aber nein", wollte Juliane automatisch abwiegeln, aber nach kurzem Schweigen und gegenseitigem Anblinzeln prusteten sie los. „Sie haben noch keine Kinder, was?" - „Nö, aber Ärger erkenn' ich!"

Ausgelassen lachten sie weiter, auch wenn sein Anblick einen eher trübsinnig werden lassen konnte. Ein paar bräunliche Locken klebten an der ungekämmten Stirn, sein restlos zerknittertes Jackett schob sich achtlos über ein speckiges Hemd und er trug Gesundheitsschuhe, aus denen weiß bestrumpft die Zehen ragten. „Was Sie brauchen, ist eine Freundin. Dann lohnt sich auch ein Porzellanservice", konstatierte sie schließlich. „Sprechen wir dabei von Ihnen?", konterte er keck. „Ich? Schluss jetzt, ich bin

doch viel zu alt für Sie." Aber als angehender Ingeni-
eur verstand er durchaus etwas von Berechnungen
und hier sah er mit einem Blick alles passen. „Na,
dann hoffe ich aber für uns, dass Sie keine Brücken
bauen", meinte Juliane.

Nein, Brücken wollte er keine bauen. Aber Com-
puter, für die man anscheinend neuerdings Keramik
hernahm. Gewiss nicht Porzellan, das hielt auch der
junge Mann für zu empfindlich, während er mit dem
Deckel eines Rosenthalkännchens herumklingelte
und dazu wortreich das „Ende des Eisenzeitalters"
einläutete.

Spätestens jetzt hätte Juliane es gerne gesehen,
wenn er weitergezogen wäre, aber da hatte sie ihre
Rechnung ohne Uschi gemacht. Die hatte sich zunächst still zu ihnen gesellt und es heute anscheinend sterbenslangweilig gefunden, selbst auf Kundenfang zu gehen. Plötzlich und lauthals wie immer
schaltete sie sich ein. „Was erzählen'S denn da, unser
Porzellan ist viel haltbarer als Keramik!" Der Typ
lachte und richtete flirtlustig seine Schweinsäuglein
auf Uschi. „Wirklich? Dann lassen Sie mal Ihren
Zahnersatz daraus machen. Mei, da kracht's aber fix!
Sagt man des ned so in Bayern?"

Da hatten sich zwei gesucht und gefunden. Wie
ein liebgewonnenes Relikt aus alten Zeiten stand Ju-

liane daneben und hörte sich den schwungvollen Dialog mit an, der sich augenscheinlich um Keramik, in Wirklichkeit aber natürlich um etwas ganz anderes drehte. Geschickt unterbrach sich der Mensch zuweilen selbst, um zu krähen, - „Jaaa, das ist die Frage, ob meine Tante noch ein ganzes Tafelservice brauchen kann, die Jüngste ist sie ja nun auch nicht mehr...", etwa wenn Stefan oder die Hartmann-Pracht vorüber schlichen, in denen er instinktsicher die Aufpasser witterte.

Uschi stand ihm nicht nach, ihre penetranten Fragen förderten einen wahren Schatz an Fachwissen zu Tage. Oder hatten sie gewusst, dass die alten Chinesen ihre Porzellanerde seinerzeit in Urin getaucht aufbewahrt hatten? Was einen so plastischen Stoff daraus werden ließ, dass sie aus diesem später ihre hauchzarten und durchscheinenden Gefäße formen konnten.

Die Damen ekelten sich zwar gebührend, standen aber wie angewurzelt. Keine von ihnen hatte je davon gehört, dass in China die Kunst des Tonbrandes den allerhöchsten Stellenwert genoss. Dass man durch Zufuhr oder Entzug von Sauerstoff Glasuren in den herrlichsten Farben schimmern lassen konnte, anstatt wie in Europa sämtlichen Ehrgeiz in die Form der Gefäße zu legen oder diese anschließend aufwendig zu bemalen. Uschi hörte hingerissen zu, Juliane verzog keine Miene, brachte aber das Kunststück fertig, zu alldem gleichzeitig zu nicken und den Kopf zu schütteln.

Es war irre. Verliebt schilderte er die Vorzüge von Hightechkeramik, welche viel härter war als all das scheppernde Porzellan hier und die man bei weit geringerer Hitze oder gleich überhaupt nicht mehr zu brennen brauchte. Für die neuen Kreationen fügte man, neben den üblichen Feldspatkristallen und der daraus rieselnden Erde einfach Quarz hinzu, welches außer Silizium noch Bor, Aluminium oder sonst etwas enthielt. Dadurch reagierte das Produkt nicht mehr wie Ton, wurde unzerbrechlich oder dehnte sich bei Hitze kaum noch aus. Man flog damit ins All, baute künstliche Hüften oder schützte Computerherzen vor dem Hitze-Infarkt.

„Wenn ich Sie recht verstehe, wird Ihre schöne neue Welt, an der Sie da feilen, uns dann wohl demnächst alle überflüssig machen", warf Juliane endlich dünn lächelnd ein, um ihn wieder auf den Teppich zu bringen.

Ja, davon war auszugehen. Aber falls es sie tröstete, als erstes würde er selbst ersetzt und zwar durch eine Fachkraft aus dem Osten. Dort säßen die wahren Computerspezialisten und sie wären, eiserner

Vorhang hin oder her, mit Sicherheit preiswerter als er.

Mit schwirrenden Köpfen und seiner Telefonnummer in Uschis Tasche kehrten die Kolleginnen später zum Mittagessen in der Mitarbeiterkantine ein. Uschis raumgreifendes Wesen machte diese erträglich, außerdem konnte es nicht schaden, endlich ein wenig zu sparen. Mit ihren dampfenden Tabletts machten es sich beide am Fenster bequem, Uschi wollte wenigstens einen Rest Tageslicht abbekommen.

Juliane hatte bis zu diesem Moment jeden Anflug von Eifersucht erfolgreich verdrängt, weil der ungepflegte Kerl von eben ja altersmäßig ohnehin besser zur Kollegin passte und er sie selbst im Grunde nicht die Bohne interessierte. In der geisterhaften Ruhe der verlassenen Kantine wurde sie jedoch auf einmal von dem entsetzlichen Gefühl überwältigt, komplett abgemeldet zu sein und das ließ sie nun an Uschi aus, die damit beschäftigt war, Kissen zwischen sich und die Plastiklehne zu stopfen. So hatte sie der Kollegin schon längst einmal sagen wollen, dass man sich in heutigen Zeiten vor allem möglichen in acht nehmen musste, hatte sie etwa keine Angst vor Aids? Ob ihr das auch nur ansatzweise in den Sinn kam bei ihrer bedenkenlosen Flirterei. Oder was etwa ihren Lebenspartner anging, den Max. „Wie meinst du das denn bitte?", warf Uschi ein und hielt mitten in der Bewegung inne.

Theoretisch wäre Juliane jetzt noch zu bremsen gewesen, aber das war doch echt ein Thema. Uschi und ihr Max lebten ja wohl das, was man gemeinhin eine offene Beziehung nannte, und der Max würde ja wohl auch das eigene Ufer nicht verschmähen, was ihm ohne weiteres anzumerken war. Uschi lebte sehr gefährlich, das musste ihr klar sein. Die hörte sich das offenen Mundes an, dann färbten sich ihre Wangen langsam kirschrot. „Dir ham's wohl heut' ins Hirn geschissen, du tickst ja nicht mehr ganz richtig", befand sie schließlich, stand auf, griff noch den Rock glattstreichend zu ihrer Handtasche und verzog sich. Juliane verharrte einen kurzen Moment lang regungslos. Dann wanderte ihr leerer Blick in Richtung Fenster, aus diesem hinaus und auf den Verkehr unten, der mal zäh und dann wieder gleichmäßig dahin strömte.

Nie mehr München

„Man soll's in diesem Haus ja ned für möglich halten, aber du bist total überarbeitet. Was dir fehlt, ist a mal an gescheider Urlaub!", durchbrach kurz darauf eine Stimme entschlossen die Stille. Wie gewöhnlich etwas blass und umgeben von einer Wolke aus Seifenduft nahm Uschi abermals ihren Platz auf dem zurechtgepolsterten Sitz ein.

Juliane schrumpfte in ihrer Bank zusammen und schämte sich. „Uschi, es tut mir Leid. Ich wollte nicht...". „Und übrigens, - der Max und i", fiel ihr die Kollegin ins Wort, „mer san schon zwoa Jahr ned mehr beieinand', - falls es dich interessiert. Aan guda Freund isser, der Max. Mei große Liebe war des nie. Wegen dem bin ich auch ned aus Bayern weg!"

Vor Julianes Augen tanzten Fünkchen, Uschi klang so sonderbar. Eine Aura elementarer Bedrohung umgab die zurückgekehrte Kollegin, welche sogar den betulichen Ostmief in der Kantine vergessen machte.

Instinktiv hätte Juliane nun versöhnliches Schweigen bis zum Pausenende vorgezogen. In ihr breitete sich die Ahnung aus, alles bisher Erlebte sei nur eine Art Vorspiel für einen sich nun abzeichnenden, bitteren Ernst. Es bestand kein Zweifel, Uschis Gesicht wirkte eigentümlich verzerrt.

Da es definitiv zu spät war, um sich noch unter einem Vorwand zu verdrücken, lehnte sich Juliane behutsam zurück. Eine lähmende Trauer begann sie einzuhüllen. Besonders weinte sie jetzt still um ihre Nachtruhe, die sich lautlos verflüchtigte und sie beide auf unbestimmte Zeit verloren gab.

„Wegen mei Schwester is' des gewesen", hub Uschi an, in einem für sie ungewöhnlich leisen Tonfall. „I hoab' a Schwestern g'habt. Genau so a Bohnenstang' wie du is' des gewesen!".

Genau genommen war die andere ein Halbgeschwister, wie sich Uschi ausdrückte, ein früherer Fehltritt ihres Vaters und neun Jahre älter als sie selbst. Der Altersunterschied war erheblich, der Umgang miteinander nie wirklich familiär gewesen und eigentlich hatten sie kaum etwas gemeinsam gehabt.

Hinzu kam, dass die schmale junge Frau mit dem Blondschopf ein frühreifes Vögelchen abgegeben hatte, dem die Jungs nur so hinterherliefen und das auch selbst nichts hatte anbrennen lassen. Die Lust sich zu amüsieren kam ihr auch jenseits der dreißig nicht abhanden. „Gern ist's immer gegangen, aufs Oktoberfest", sagte Uschi und blickte nun ihrerseits aus dem Fenster. Juliane brachte von ihrem Essen, einer Art Kloßgericht, da schon keinen Bissen mehr hinunter.

Dann kam das Attentat. Über fünf Jahre war das jetzt her. Uschis Schwester war mit einem einzigen

Knall aus deren Leben verschwunden. Er hallte bis heute in ihrem Schädel nach, obwohl die Kollegin nie etwas davon mit eigenen Ohren zu hören bekam. Es hatte eine Heidenaufregung gegeben, das ja, vor allem in den Nachrichten, eine vage Sorge, die sich unerträglich steigerte und schließlich, schockartig, Gewissheit brachte. Uschi, damals gerade mal Anfang zwanzig, hatte am nächsten Tag beherzt den Ort des Geschehens aufgesucht – doch den gab es zu diesem Zeitpunkt im Grunde schon nicht mehr.

Es hatte alles beängstigend normal gewirkt, dort prosteten sich bereits wieder die Leute zu, ganz so, als ob nicht das geringste vorgefallen sei. Es war in den wenigen Stunden seit der Explosion, die dreizehn Menschen das Leben gekostet und zahllose weitere verletzt und verstümmelt hatte, so gründlich aufgeräumt worden, dass es Uschi den Verstand raubte. Sie brach schreiend zusammen, rief laut nach ihrer Schwester und wurde von Ordnungskräften weggeschafft, begleitet von den erst verständnislosen, dann erschrockenen Blicken der Umstehenden.

Danach wurde es immer schwerer für sie, in einer Stadt zu leben, die Sauberkeit mehr als alles andere schätzte. Hinzu kam, dass nicht jeder in ihrem Umfeld Uschis Suche nach der Verlorenen guthieß. Die ganze Familie litt schrecklich unter dem Trauma.

Doch außer ihr wurden offenbar alle anderen besser damit fertig, Radio und Fernseher ausgeschaltet zu lassen, keine Zeitungen mehr zu kaufen und sich schweigend dem Vergessen hinzugeben. Uschi hielt sich an Max, der sie zunächst getröstet hatte, sich dann in einen Berliner verliebte und somit wusste, wohin. Beide kehrten München den Rücken, um auf der Insel der freien Welt mitten im Osten anzukommen.

Allem Anschein zum Trotz hielt Uschi ihre Schwester die nächsten Jahre lang nicht wirklich für tot. Bis ihr ein Zeitungsartikel in die Hände fiel, den eine dunkle Macht sie bis zum Ende hatte durchlesen lassen. Zwischen den Trümmern, all dem Blut und den menschlichen Überresten hatte sich noch ein fast unversehrter Fuß gefunden, stand dort geschrieben. Mit den schmalen und gepflegten Zehen einer jungen Frau, die sich noch sorgfältig die Nägel lackiert hatte. Da hätte sich Uschi am liebsten mitsamt dem Blatt auf der Stelle aus dem Fenster geschmissen. Aber mit einem Mal war ihr das Unfassbare ins Gehirn gedrungen. Sie würde ihre Schwester nie wiedersehen.

Das hatte sie gedacht. Doch die Ähnlichkeit zu Juliane war beträchtlich. Das gleiche feine helle Haar auf dem Kopf. Diese unverwechselbare Art, auf ihren langen Beinen Treppen hoch und runter zu hüpfen. Das magere Dekolletee ebenso wie der konzentriert-abwesende Gesichtsausdruck von Leuten, die zu eitel für eine Brille waren. Hier hob Juliane erstmals wieder den Blick von der Tischlerplatte und runzelte die Stirn. „Und deswegen wirf' mir doch alles an den Kopf, was du willst", schloss Uschi.

Soweit sie nicht selbst zu tief in Situationen verstrickt war, bewahrte sich Juliane mitunter einen erstaunlich klaren Blick auf die Dinge. In ihren Augen würde sich für Uschi solange nichts ändern, wie sie ihre Kollegin, also Juliane, in deren Fiebertraum von einem Leben fortwährend beschützte und unterstützte. Während sich Uschi so, die Wangen voller Tränen, - sogar die Locken klebten feucht an ihrer Stirn - , verzweifelt an Vergangenem festhielt, hinderte sie sich wohl selbst an einem echten Neubeginn. Aber vielleicht – und hier konnte sich Juliane endlich entspannen – könnte eine Dynamik von der Art des forschen Studenten vorhin Uschi einfach mit sich reißen, was sein Auftauchen in ein gänzlich neues Licht rückte.

Juliane atmete tief durch und schob mit einem Aufseufzen die unbrauchbaren Kantinenservietten zur Seite. Aus ihrer Tasche kramte sie ein Tempo hervor und drückte es in Uschis feuchte Hand.

„Weißt du, das hab' ich ja alles gar nicht gewusst", meinte sie dazu und brachte die Kollegin damit wieder ein kleines bisschen zum Lächeln.

Anschließend schauten sie noch bei Anwar vorbei. Er sah aus, als ob er sich selbst eine Freude bereitete, indem er beiden etwas zartrosa schimmerndes „Muschelgeld" aus der Südsee schenkte.

Während Uschi die kleinen, glatten Schnecken in ihrer Hand neugierig und verständnislos betrachtete, erklärte er der widerstrebenden Juliane, er hätte noch etwas für sie. Uschi schaltete wie immer schnell, „Eil dich, ich wart' solange im Treppenhaus", - mit diesem Satz war sie weg. Juliane war das auf einmal überhaupt nicht mehr recht. War hier das Licht kaputt? Es schien alles noch düsterer zu sein als sonst. Zögerlich schaute sie sich nach Anwar um, von dem im Halbdunkel eigentlich nur das Hemd herüber leuchtete, das in perfektem Sitz seinen zarten, makellosen Oberkörper nachzeichnete. „Bitte, Anwar, ich möchte nichts haben, wirklich nicht. Schon gar nicht, wenn es aus Porzellan ist." Juliane hörte ihre Stimme dünn durchs Lager hallen und bemerkte, wie der Angesprochene überrascht einen Moment lang innehielt.

Wie dachte er bloß über die paar verwunschenen Nächte, die sie beide in einem ehemals glamourösen

Hotel ganz in der Nähe verbracht hatten, leitete er daraus Ansprüche ab?

Natürlich waren es ausnehmend schöne Erinnerungen. Sie sah sich noch das weiße, bis zu den Knien reichende Herrenhemd ihrer Tochter auspacken, von dieser im Secondhandshop-Garagenverkauf nach Gewicht erworben, und Anwars kleinen, silbernen Hartschalenkoffer, in dem seine edlen und teuren Kleidungsstücke wie von selbst Haltung angenommen und sich darin faltenfrei und in exakter Ordnung übereinandergelegt hatten.

Es war nicht nur für sie beide sehr amüsant gewesen, sondern alles hatte auch erstaunlich gut gepasst. Genau wie der Gegenstand, den ihr Anwar nun vors Gesicht hielt, während er umstandslos das Licht wieder einschaltete.

Ein Wandbild, etwa so groß wie ein kleines Tablett mit Zackenrand wie bei einer überdimensionalen Briefmarke. Sonnengelb umrahmt war darauf ausgestanzt in Form einer kleinen Moschee das Bildnis eines fliegenden blauen Pferdes zu erkennen, welches einen Orientalen samt seiner Braut über blaue Dächer hinweg trug. Juliane schüttelte traurig und heftig den Kopf. Wie wunderschön – und wie sollte sie es bloß anstellen, dass dies hier nicht in einer Zurückweisung endete?

Spätestens seit der Geschichte von Uschis Schwester war Juliane bewusst geworden, dass sie ja ganz ähnlich lebte wie in Samuel Becketts Theaterstück 'Warten auf Godot'. Wobei ihr nicht jemand Fremdes abging, sondern eine Art Doppelgängerin oder ein Teil ihrer selbst, welcher sich jede Menge Zeit ließ und in der Weltgeschichte herumtrieb, statt endlich zurückzukehren und ihr Dasein, das Juliane allein undurchsichtigerweise nicht zustand, in die Hände zu nehmen.

Wie stellvertretend im eigenen Leben agierte sie lange übertrieben vorsichtig und in jüngerer Zeit immer flüchtiger, ja verzweifelt. War das nötig? So sicher wie es Uschis Schwester nicht mehr gab, so klar war doch, dass in Julianes Leben niemand auftauchen würde, um die Dinge besser und rechtmäßiger hinzubekommen als sie selbst. Auf diese Weise ließen sich keine Träume erfüllen, dafür drohten allerlei Pläne im Frust zu versanden. Und obendrein konnte offenbar jeder mit ihr anstellen, was ihm gefiel. Hier und heute war der Moment gekommen, um das zu ändern.

„Anwar, ich kann das nicht annehmen." Sie hatte die Worte mit abgewandtem Gesicht hervor gepresst, und erwartete irgendwie, dass nun ein Donnerwetter über sie hereinbrach. Statt dessen zuckte

Anwar nur leicht mit den Schultern, wickelte sein Geschenk wieder sehr sorgfältig in eine Menge Tuch und packte es zurück in seine Tasche. Leise und ebenfalls ohne sie anzusehen bat er sie um Entschuldigung. Er wollte keinesfalls missverstanden werden, ihm war klar, dass er nichts von ihr verlangen könnte und das würde er auch nicht tun, meinte er. Weil er das, was er eigentlich meinte, gar nicht in der Lage zu verschenken wäre.

Ohne ein Wort zu begreifen und bevor sie nun möglicherweise wieder einmal die Fassung verlor, verließ ihn Juliane mit einem kurzem Abschiedsgruß und flüchtete ins Treppenhaus, Uschi hinterher.

Vor der Tür zum Lager wich Juliane den neugierigen Blicken der Kollegin aus, nahm ihr rasch eine Schnecke aus der Hand und trat damit ans Fenster. „Du kennst das, oder?", fragte sie, während sie den kleinen Gegenstand im Gegenlicht drehte und wendete. „Jaa – i moin, naa", antwortete Uschi ungeduldig. „Meinst ned', das Zeit is'?". Beide starrten jedoch weiter auf die Umrisse des Schneckchens. „Sieht doch schon ein bisschen wie ein Ferkel aus, das die Nase reckt", sagte Juliane forschend. - „Juliane!" - . „Daher haben die Dinger nämlich ihren Namen, von spanisch *porcella*, das heißt Schweinchen..." - „Mei, kommst jetzt endlich?" - „Weißt du, zur Zeit Marco

Polos hat man damit bezahlt und das Chinaporzellan wegen der Ähnlichkeit so genannt".

Uschi lachte und schüttelte den Kopf, als würde sie sich nur noch wundern. Dann sagte sie etwas, was Juliane in Worten kaum noch, aber inhaltlich um so mehr verstand. Ein Schweinegeld mit ihrem Geschirr verdienen – na, darauf hätten sie doch die ganze Zeit gewartet. Unter tosendem Gelächter sausten nun beide endlich los, um noch halbwegs pünktlich in den dritten Stock zu gelangen.

Schluss mit lustig

Sie waren bald zehn Minuten zu spät dran, doch fiel das heute nicht auf, was der allgemeinen Aufruhr um den Glasgraveur Hannes Weinheim geschuldet war.

Letzterer erschien mehrmals im Jahr plötzlich und ohne Vorwarnung, um sich in Windeseile zwischen den beladenen Tischen häuslich einzurichten. Vor einem Arsenal von Gravurgeräten, die er sorgsam auf zwei mitgebrachten Klapptischchen ausgebreitet hatte, nahm der Enddreißiger mit dem strähnigen Zopf energisch seine Arbeit auf und versah allerlei gekauftes oder mitgebrachtes Glas mit den erwünschten Inschriften. Wie jedes Mal hatte sich im Nu eine

Schlange von Leuten gebildet, die mucksmäuschen-still die Tische umstanden.

Weinheim dagegen quasselte ohne Unterlass und gab, während er den Gravurstift schnurren ließ, in der Hauptsache sozialistische Phrasen von sich. Da er sogar denselben fusseligen Pullover wie beim letzten Mal anhatte, war es binnen kurzem, als wäre er nie weg gewesen und auch das tobende Trio aus Stefan, Uschi und der Hartmann-Pracht bot einen vertrauten Anblick.

Stefan fühlte sich wie gewohnt übergangen und schimpfte mit rotem Kopf gegen das Gravurgerät an, Uschi ließ Weinheims linkes Gerede überschäumen und die Betriebsrätin fühlte sich bemüßigt, freie Mitarbeiter im Namen der Festangestellten zu vertreiben. Gerade als der Gescholtene ungerührt bemerkte, nirgendwo zeige der Kapitalismus seine hässliche Fratze deutlicher als hier, entdeckte Juliane zu ihrem Erstaunen unter den Wartenden ihre Tochter.

Zunächst glaubte sie, sich getäuscht zu haben. Doch waren die dunklen Locken, in denen der Walkmankopfhörer festklemmte, unverkennbar, dazu die unbeteiligte Miene, mit der Jamilah zwischen Stefan und einer fülligen Frau mit einem Einkaufsnetz voll klingelnder Bierkrüge stand. Erst Julianes verblüffter Ausruf - „Was machst du denn hier?" - ließ sie zusammenzucken und sich hastig den Hörer vom Kopf reißen.

Dann aber fing sich Jamilah sofort. „Hallo Mamma. Du hast es vergessen, stimmt's?", meinte sie, während sie ihren Kaugummi von einer Backentasche in die andere schob und die Augen dabei mitrollen ließ. „Hätt' ich mir ja denken können".

Oh Gott, Juliane war die schlechteste Mutter der Welt. Sicher mochte es in Berlin noch jemanden geben, der seine Tochter schlug oder würgte, aber gleich danach kam sie.

Über dem Tamtam in der Nacht und vor und während des Gesprächs mit der Geschäftsleitung hatte sie die Musikaufführung total vergessen, die heute um fünf Uhr nachmittags in der Schulaula anfangen sollte.

Freie Stunden hierfür hätten in der Früh bei Frau Hering beantragt werden müssen, nun war es mit Sicherheit zu spät. Die Veranstaltung würde ohne Juliane stattfinden.

Was sie entgegnete, ging in Getöse unter, denn Stefan drängte die Umstehenden rüde beiseite, um wutschnaubend zur Geschäftsführung zu stürzen. Uschis Gekeife, jemand wie der Graveur habe im Kaufhaus nichts verloren, sondern gehöre in den Osten, wenn nicht gleich zur RAF, veranlasste einige Leute lautstark zu murren.

Der einzige, der im Auge dieses Sturms gelassen blieb, war Weinheim selbst, der sachlich erwiderte, er befürworte grundsätzlich keine Gewalt, obwohl... - hier betrachtete er scheinbar ermuntert seinen Gravurstift, was die Kunden zu Gelächter anregte. Total aufgelöst suchte nun auch Uschi das Weite – wieder Gerempel - , da reichte es Juliane allmählich.

Auf jede Klassenreise war Jamilah besser versorgt als alle anderen gefahren, um sich nur ja keine Sekunde lang wie ein armes, vaterloses Mischlingskind vorzukommen. Stumm hatte Juliane auch den sauteuren Reitunterricht in der Deutschlandhalle für ein halbes Jahr bezahlt, wobei ihre Tochter schon ein paar Wochen später das Interesse verlor. Sogar Tennisstunden im Grunewald waren den Großeltern aus den Rippen geleiert - und nach offensichtlichen Avancen des Lehrers gleich wieder aufgegeben worden.

Zu dem neuesten Schrei, dem Kauf einer Elektrogitarre, hatte sich Juliane allerdings noch nicht durchringen können. Nach dem Füchslein fürchtete sie neuerliche Proteste der Nachbarn, außerdem sollte Jamilah erst einmal zeigen, dass sie auch bei etwas bleiben konnte. Genau das hatte sie wohl vor und wollte bei der heutigen Schulaufführung mit einer Leihgitarre die Joan Baez geben. Es war wie verhext.

Juliane gelang es nicht mehr, sich zu beherrschen. „Jetzt hörst du mir mal gut zu, mein liebes Kind!", fuhr sie ihre Tochter vor versammelter Mannschaft an. „Du wirst dich schon entscheiden müssen, wie du deine versklavte Mutter haben möchtest, ob ich deinetwegen die Nächte durchwache und nicht mal weiß, wo du schläfst...". Sie schüttelte ärgerlich die Hand ab, die ihr jemand mit offensichtlicher Fahne beruhigend auf den Arm legen wollte. - „ ...oder ob ich dir als Goldesel lieber bin, der sich abrackert, um dir weiterhin jeden Wunsch von den Augen abzulesen! Beides werde ich auf Dauer nicht schaffen. Ich bin nämlich auch nur ein Mensch!"

Nach ihren Worten war es bis auf das Schnarren des Gravurgeräts einige Augenblicke lang völlig still. Jamilah stand wie ein begossener Pudel da, dann füllten sich ihre Augen langsam mit Tränen - was die Stimmung prompt gegen Juliane kehrte. „Die Kleene vor allen abkanzeln is' aber ooch keene Lösung", murmelte schließlich einer.

Rettung kam von Weinheim, vor dem die Bierglassammlerin mittlerweile ihre Funde aufgereiht hatte. „Watt is' datt denn, etwa die alle?", brüllte er sie an. „Mädchen - ditt meinste nich im Ernst!".

Als die Frau ihrem Anliegen mit matten Handbewegungen Nachdruck zu verleihen suchte, erschien Stefan wieder auf der Bildfläche.

Einigermaßen gefasst - nur die Welle hing etwas tief in seiner Stirn - erklärte er den Aufenthalt des Glasgraveurs zwar für rechtens, – er war angemeldet gewesen - , doch sei nächstens ein Anruf vorab ja wohl das mindeste, was man verlangen könnte. Da Weinheim darauf in keiner Weise reagierte, verschwand Stefan sehr plötzlich wieder, während man in der Schlange übereingekommen war, die Frau könne doch so viel gravieren lassen, wie ihr einfiele. Der Rest lief einstweilen auseinander und der Graveur machte sich seufzend ans Werk.

Neben den Klapptischen blieben nur Juliane und die Frau mit den Biergläsern zurück. Juliane wurde von Schuldgefühlen und Empörung aufgerieben, sie rang mühsam um ihre Fassung und unterdrückte mit aller Gewalt, dass ihr die Zähne klapperten. Über den Rand seiner Nickelbrille hinweg beäugte Weinheim sie mitfühlend.

Als einzige in der Abteilung hatte Juliane ein ganz gutes Verhältnis zu ihm, weil er sie sonst immer mit seiner offen zur Schau getragenen Verachtung für „Zwiebelmuster" zum Lachen bringen konnte. Der stramme Sozi war stolz darauf, Nachfahre eines berühmten Botanikers zu sein, der in der ersten Hälfte des 18. Jahrhunderts ein gewaltiges Werk an Farbstichen europäischer Pflanzen geschaffen hatte.

Die rund viertausend Abbildungen von Johann Wilhelm *Weinmann* (der Familienname war aus unerfindlichen Gründen nicht mehr ganz derselbe), hauptberuflich Apotheker in Regensburg, bildeten die Vorlage für allerlei naturgetreu gemalte und modellierte Blumen in den Porzellanmanufakturen, speziell in Wien.

Mit ihren „deutschen" oder „g'säten Blümeln" hatten sich die Künstler damit von den seinerzeit gängigen bunten „indianischen" Blüten abgehoben, die sämtlich auf asiatische Porzellankunst machten. Aus dieser grassierenden Manie entwickelte sich mit der Zeit der Klassiker „Zwiebelmuster", wobei die Asiaten natürlich kein Faible für Zwiebeln gehegt hatten, sondern in Europa wenig bekannte Granatäpfel, Pfirsiche oder Bambus abbildeten, die von den hiesigen Malern mehr oder weniger treffend kopiert wurden. Die Ergebnisse boten dem Graveur Anlass, sie mit Spott und Hohn zu überziehen, ganz gleich, um was für teure Markenprodukte es sich dabei handelte.

Doch sah selbst er ein, dass jetzt nicht der Moment dafür war. So hielt Weinheim ausnahmsweise den Mund und Juliane fand langsam wieder zu sich. In der Deckung eines Regals stützte sie sich schwer darauf ab und schob schließlich unter Gemurmel einige Porzellankinder zurück, die gefährlich nah an der Regalkante spielten.

„Nicht, dass den kitschigen Dingern noch watt passiert", enthielt sich der Graveur nun doch nicht eines Kommentars, was ihm einen vernichtenden Blick von ihr eintrug. „Is' ja schon jut", wiegelte er ab. „Kleene Kinder, kleene Sorgen, große Kinder, große Sorgen, so is' ditt. Kenn' ick zur Jenüge und saare immer, wieso rebelliert eigentlich keena mehr gegen dett System? Aber nee - lieber wird zuhause scharf uff Mamma und Pappa jeschossen. Weil die nich jenuch ranschaffen, um immer weiter hübsch dem Scheißkonsum zu verfallen". Er schüttelte jammervoll den Kopf. „Ett is' eene Welt...".

Vielleicht ein Dutzend Meter entfernt, - Juliane erkannte es bloß schemenhaft -, unterhielt sich Stefan mit Jamilah.

Wie immer, wenn er mit einem weiblichen Wesen sprach, stand er hoch aufgerichtet da, schickte den Blick über alles hinweg und nur ab und an wie ein Raubvogel nach unten. Jamilah lachte über witzige Klorollenhalter auf einem Regal, das die Kollegen aus der Badeabteilung dreist zum Porzellan gerückt

hatten, weil sich darauf tönerne Frösche auf Seero-
senblättern fanden. Die Finger ihrer Tochter strichen
über ein paar auf Haltern Schlittschuh laufende Fi-
gürchen, wobei sie dem Mann in ihrem Rücken
kaum zuzuhören schien. Ohne Weinheim und sein
Gerede weiter zu beachten, raffte sich Juliane auf
und steuerte auf die beiden zu. Keiner sagte ein
Wort, als sie bei ihnen ankam.

„Hallo Stefan", begrüßte Juliane ihren Chef ver-
nehmlich, worauf der Angesprochene empfindlich
zusammenzuckte. Aber war es nicht allmählich
wirklich an der Zeit, mit dem Versteckspiel aufzuhö-
ren? Das war doch reichlich albern, zumal er nun sogar ihrer halbwüchsigen Tochter seine Aufmerksamkeit schenkte. „Stefan, wo ich dich hier sehe, wollte
ich dich gleich mal etwas fragen", fuhr sie ohne Zö-
gern fort. „ Morgen kommt mittags meine Mutter
hierher. Wollen wir dann nicht alle zusammen im
Bistro etwas essen gehen?"

Auch wenn deutlich zu merken war, dass sie hier
eine Grenze überschritt - Juliane war auf einmal entschlossen genug, die Sache durchzuziehen. Wie lange traf sie sich denn nun schon mit Stefan, waren es
anderthalb Jahre oder sogar noch länger? Der Ent-
scheidungsfreudigste war er ja nicht, wie sich bereits
zur Genüge gezeigt hatte. Aber möglicherweise fehl-

te ihm bloß ein Anstoß. Damit es hier mal voranging, damit er sich endlich zu ihr bekannte, seine Scheidung einläutete und sich seinen Vorgesetzten gegenüber behauptete. Eine Rolle, die man ja sogar ihr persönlich dort erst heute morgen zugetraut hatte, also quasi ganz offiziell. Waren sie bei solchem Licht betrachtet nicht beide normale Menschen und bot das nicht die Chance auf echte Partnerschaft? An ihr sollte es nicht scheitern. So sah sie das.

Juliane war derart in ihre Überlegungen verstrickt, dass sie fast nicht mitbekam, wie Stefan langsam puterrot wurde und sich an den Hals griff, wobei sich sein steifer Hemdkragen und die Krawatte anschickten, ihn zu erwürgen. „Zum Teufel Juliane, wie kommst du...", presste er noch hervor, bevor ihm die Tränen in die Augen schossen und ihn ein entsetzlicher Hustenanfall heimsuchte.

Den langen Oberkörper brettartig nach vorne abgeknickt, stürzte er halb erstickt in Richtung Badeabteilung davon, verfolgt von der zunehmend verwirrten Juliane und, in einigem Abstand, auch von der abwechselnd verblüfft dreinschauenden und weiter träge kauenden Jamilah.

Während sein donnernder Husten bis zu den Rolltreppen schallte, erreichte der Abteilungsleiter mit Mühe und Not das WC und schlug Juliane die Tür vor der Nase zu. Ratlos blieb sie draußen stehen und schaute sich dann nach ihrer Tochter um.

Die interessierte sich wieder zum Schein für Badezubehör, wobei sie wahllos und ohne hinzusehen in die Regale griff. Von einer Kollegin angesprochen, gab sie der gerade eine patzige Antwort und um weiteres Aufsehen zu vermeiden, schaltete sich Juliane ein - „Jamilah, bitte, so geht das hier nicht. Würdest du..." - , als sich die Tür der Personaltoilette plötzlich wieder öffnete. Stefan, der sich anscheinend beruhigt hatte, trat rasch heraus und wies die Kollegin aus der Badeabteilung im Vorbeigehen mit harschen Worten zurecht.

Ohne Juliane auch nur eines Blickes zu würdigen, stakste er anschließend gemessenen Schrittes davon. Mit offenem Mund blieben die drei zurück, dann erschien auf Jamilahs Gesicht ein triumphierendes Grinsen, sie ließ die Kiefer weiter mahlen. Ehe sie es sich recht versahen, hatte Juliane ihr eine gescheuert.

Duramano und Rosalba

Na, - sie würden sich alle miteinander schon wieder einkriegen. Anders ging es ja gar nicht, sagte sich Juliane, als sie alleine und gedankenverloren wieder in die eigene Abteilung zurückkehrte. Neben Gisela

Hartmann-Pracht kam sie zum Stehen, von dieser auf einmal mit ungewohnt freundlichen Worten bedacht. „Frau Saltur, das vergesse ich nicht so schnell, dass sie heute früh bei der Geschäftsführung so vernünftig geblieben sind", meinte die Kollegin, ohne Juliane anzusehen. „Gratulation und ich muss zugeben, das hätte ich Ihnen nicht zugetraut."

Juliane fand das im Grunde unverschämt. Und woher zum Teufel wusste die Kollegin vom Betriebsrat schon wieder so schnell Bescheid? Ihr fiel nach einer Weile bloß Frau Hering ein, deren Flurfunk ihr morgendliches Gespräch bei der Geschäftsleitung offenkundig weitergetragen hatte. Bevor sie sich aber nun auch noch darüber ärgerte, erinnerte sie sich daran, dass sie bei der Betriebsrätin ja ausnahmsweise auch mal über etwas im Bilde war.

Auf dem letzten, einige Monate zurückliegenden Betriebsfest, hatte eine reichlich angeschickerte Frau Hartmann-Pracht diversen Kollegen gegenüber ihr Herz auszuschütten versucht. Dabei war sie bei Juliane hängengeblieben, die sich als immun erwies gegen den alkoholisierten Blick, der hinter den Brillengläsern saugnapfartig bei ihr Halt suchte. Im Gegenteil, Smalltalk dieser Art kam Juliane entgegen, da sie nebenher ungestört ihre Gedanken schweifen lassen konnte. Solange sie durch ein gelegentliches „Ach" oder „Da kommt man ja nicht drauf!" grob die Form wahrte, mochte die Kollegin schwatzen, auf diese Weise verstrich auch die Zeit schneller. Dann war es jedoch wider Erwarten tatsächlich interessant geworden.

Seinerzeit äußerst mühevoll erworben, sollte die Rezeptur für die Herstellung von Porzellan natürlich als gut gehütetes „Arkanum" in Meißen bleiben. Dem widersprach jedoch, dass sich schon bald etliche Mitarbeiter als „Wanderarkanisten" aufgemacht hatten, um den Fertigungsprozess, den sie tatsächlich, bruchstückhaft oder auch nur angeblich kannten, gewinnbringend zu veräußern.

Man hieß sie überall in Europa willkommen, regelrecht wild auf ihre Kenntnisse war man aber in Wien und darüber hinaus in Venedig. Die ebenso geschäftstüchtigen wie handwerklich geschickten Bewohner der bis Ende des 18. Jahrhunderts eigenständigen Republik Venetia handelten mit kostbarstem Glas aus den Mittelmeerländern, welches sie bald selbst in immer edleren Variationen herzustellen wussten. Dies sollte nun endlich auch mit Porzellan glücken. Mit ihrem undurchsichtigen und prächtig bemalten „Porzellanglas" waren sie bereits verdammt nah dran, doch hier bot sich die Chance, an den echten Scherben zu gelangen. Verraten durch einen abtrünnigen Hausmaler der Meissener Manufaktur, Conrad Christoph Hunger und – so hatte die Kollegin an jenem Abend in verwaschenem Tonfall Stein und Bein geschworen - einem geheimnisumwitterten Mann namens „Duramano", was wohl recht freizügig übersetzt ihren Geburtsnamen Hartmann bedeutete.

„Ach!", war es Juliane nun nicht mehr bloß zum Schein und mit plötzlich aufgerissenen Augen entfahren. Denn sie konnte sich noch gut an alte Kataloge erinnern, die sie im Rahmen ihrer begonnenen Ausbildung zur Porzellanmalerin mit Leidenschaft durchgeblättert hatte.

Besonders angetan hatten es ihr Stücke aus Venedig, welche älter aussahen und mehr Risse aufwiesen als jene aus Sachsen. Sie waren ebenfalls mit herrlichen „Chinoiserien" betupft, den fröhlichen und asiatisch anmutenden Alltagsmotiven, um die man damals – war es nur der Mode geschuldet oder auch dem schlechten Gewissen? - bei europäischem Porzellan fast nicht herumkam.

Bei den Raritäten aus Italien konnte es jemand künstlerisch durchaus mit Johann Gregor Höroldt aufnehmen, Meißens legendärem Porzellanmaler, der dort über Jahrzehnte die Szenerie beherrschte. Die venezianischen Stücke schrieb man „Duramano" zu, wozu die leicht schwankende Hartmann-Pracht beifällig genickt hatte. So stolz, als habe sie damals höchstpersönlich den Pinsel geschwungen.

So machten die hasserfüllten Blicke Sinn, welche die Betriebsrätin dem Glasgraveur nun schon eine ganze Weile in den Rücken bohrte. Juliane konnte nachvollziehen, warum die Kollegin Hannes Weinheim so wenig leiden konnte - und dass sein abfälliges Lachen über Chinamalerei dem noch die Krone aufsetzte. Gisela Hartmann-Pracht war sowieso der Meinung, dass der selbsternannte Sozi bis heute von nichts mehr zehrte als vom Status seines gutbürgerlichen Apotheker- und Botaniker-Vorfahren. Während er bei früherer Gelegenheit einmal bissig bemerkt hatte, bei ihr spiegele sich der Hang zu heimlicher Erhabenheit bereits in ihrem Doppelnamen. Aus diesen beiden würden so schnell keine Freunde mehr.

Juliane schüttelte noch am Abend auf dem Heimweg fassungslos den Kopf. Herrschaftszeiten, was war das für ein Tag gewesen. Ungeachtet der Vorkommnisse, die man wahrlich dramatisch nennen konnte, hatte sie noch den ganzen Nachmittag über rekordverdächtig gut verkauft und das ohne jede Anstrengung.

Irgendwann war sie beispielsweise durch einen leichten Schub am Arm auf eine unscheinbare alte

Frau aufmerksam geworden, die wortlos mit dem Finger auf eine enorme Kurland-Suppenterrine von KPM wies.

Ohne einen Ton zu sagen stellte die Alte für die rund sechshundert Mark einen Scheck aus und war mit dem Monstrum unter dem Arm verschwunden. Und nun hoffte Juliane inständig, dass sich ihre privaten Nöte einfach ähnlich traumwandlerisch würden lösen lassen, zur Zeit schien ja irgendwie alles möglich. Und wer verbot einem eigentlich, sich das heftig zu wünschen?

Zunächst sah es leider überhaupt nicht danach aus. Eine gute Stunde nach ihr kam ihre Tochter nach Hause, schloss sich übergangslos in ihrem Zimmer ein und gab auch auf vorsichtiges Fragen durch die Tür keine Antwort.

Später war zu hören, wie Jamilah in der Küche etwas zu essen zusammensuchte und sich damit leise wie eine Maus wieder verzog. Juliane spürte, wie brennende Verzweiflung in ihrem Brustkorb aufstieg. So konnte es auf keinen Fall weitergehen. Ihr Kind war da und doch nicht da.

Bevor sie sich nun traurig ins Bett legte, griff sie zu einem Schlafmittel. Das war trotz der vielen Schwierigkeiten in der Nacht nicht ihre Gewohnheit, aber heute ging es nicht anders. Juliane hatte keinen Nerv mehr übrig für die Cosel und würde so auch bitte von Katastrophenträumen verschont bleiben. Der Beipackzettel versprach über viele Stunden hinweg Erholung - „tief und traumlos" - und so stellte sie noch einen zweiten Wecker für den Fall, dass die Betäubung bis in den Morgen hinein anhielt.

Gleich darauf war sie tatsächlich fest eingeschlummert, allerdings nicht so traumlos wie erhofft. Auf einer Kur, auf der sie sich als erstes wiederfand, wurde sie von der Gutachterin, die ihr eigentümlicherweise bis aufs Haar glich, strengstens überwacht. Unwillig wälzte sich Juliane im Schlaf auf die andere Seite.

Da war es schon spannender, mit ihrer Kollegin Gisela Hartmann-Pracht auf Venedigs Kanälen unterwegs zu sein. Wie es dort aussah, wusste man ja aus Filmen und Büchern, doch woher kannte sie das Glucksen des Lagunenwassers und wieso kam ihr der Gestank so vertraut vor? Leider glitten sie nicht leicht wie die Federn über glitzernde Wassermassen, sondern wurden kurvenreich unter engen, dunklen Brücken durchgeschoben. Immerhin führte der Weg an einer zauberhaften Kirche vorbei und der hervorblitzende Himmel sah ganz nach Serenissima aus, herrlich.

Juliane blinzelte noch versonnen nach oben, als das Boot an einer Ecke vor einem flachen, langgestreckten Gebäude – einer Werft? - festmachte. Ohne sich nach ihrer Kollegin umzublicken, die sie hinter sich loskreischen hörte, als ihr etwas ins Wasser plumpste, stieg Juliane an Land und steuerte ein nahegelegenes Wohnhaus mit den typischen weiß umrandeten Bogenfenstern an.

Umstandslos schlüpfte sie durch eines von ihnen hinein, was ihr zu ihrer Verwunderung nicht bloß bekannt vorkam, sondern von betäubender Langeweile begleitet wurde. Daran änderte sich auch auf dem Dachgarten nichts, trotz eines betörend nach Lavendel dufteten Lüftchens, das dort oben wehte und des geradezu umwerfenden Ausblicks. Julianes Kopf fühlte sich dumpf und schwer an. Als sie ihr Haar berührte, schien eine dichte Mähne schuld daran, welche nur kräftige Spangen daran hinderten, ihr den Rücken hinabzugleiten. Und obwohl sie auf einmal schwere, glatte Kleider aus einem angenehm kühlen Stoff trug, der die aufkeimende Hitze fernhielt, nahm das Gefühl der Bedrückung eher noch zu.

So hielt sie das Geplapper der übrigen Damen kaum aus und nahm sich auch nichts von den Leckereien und dem Tee auf dem prächtig gedeckten

Tisch, welcher der hinzugekommenen Hartmann-Pracht eine Reihe freudiger Ausrufe entlockte. All dies schien vollkommen belanglos, bis sie – war es überhaupt noch Juliane? - endlich schwere Männertritte hörte, die langsam über die Stiegen heraufkamen.

Jenem Mädchen, in dessen Gestalt sie sich träumte, hatte Duramano auch ohne viele Worte eine gänzlich andere Welt versprochen. Was wohl mit daran lag, dass man sich auf dieser schönen Dachterrasse auch zu Tode langweilen konnte. Während Juliane sich - gewissermaßen als Gast - den Mann durchaus etwas unterhaltsamer gewünscht hätte. Er sah wie ein Südländer aus, blieb jedoch durch seine sparsamen Gesten fremd in dieser Umgebung.

Ohne dass es nötig war, rührte Duramano keinen Finger, was es Juliane schwer machte, sich der wunderschönen Malereien zu entsinnen, zu denen er doch fähig gewesen sein musste.

Seiner Gefährtin war das alles egal. Seine Art, sich wie ein Raubtier im Hintergrund zu halten, versetzte sie in einen Zustand der Aufgeregtheit, den sie in ihrem Leben sonst stark vermisste. Sie vermochte nicht einen seiner Gedanken zu lesen und hätte auch nicht das geringste darum gegeben.

Juliane konnte sie einerseits gut verstehen, musste sich jedoch im Traum biegen und spreizen, weil sie die spannungsvolle Ruhe so anders empfand. Duramano wirkte auf sie wie gejagt, er erinnerte an eine äußerst beeindruckende Porzellanfigur von Rosenthal.

Das kleine Ensemble hieß „Entwischt" und genauso sah er aus, wie dieser junge Mann dort auf seinem ganz erschöpften Pferd, der noch nervös über die Schulter einen Blick zurück warf. Es schien ihn innerlich zu durchlaufen, wenn der Kumpan wieder von Erfolgen prahlte, die sich bei ihren Versuchen, Porzellan herzustellen, nicht einstellen wollten.

Zwar konnten sie noch von entwendeter Rohmasse zehren, welche durch Bestände des vogtländischen Schnorr von Carolsfeld zur Hälfte aus leuchtend weißem Ton, „Kaolin" genannt, bestand, wie für Hartporzellan nötig. Doch ließen sich die Öfen in der feuchten Witterung der Lagune kaum gleichmäßig und hoch genug beheizen.

Besonders für die Brände nach dem Glasieren musste Duramano seine fertigen Schmuckstücke einer unberechenbaren Prozedur unterziehen, was seinem Nervenkostüm bald mehr Risse zufügte als dem Porzellan. Gar nicht zu reden von seiner schrecklichen Angst vor dem, was noch passieren würde.

Als an Stelle des erwarteten Geliebten plötzlich fremde Männer mit unangenehm hellen Augen die Terrasse betraten, waren alle schreiend aufgesprungen und panisch durcheinander gelaufen. Bis auf Gisela Hartmann-Pracht, die seelenruhig sitzen blieb und noch ausdrücklich das Gebäck lobte. An ihrer Seite befand sich Juliane auf einmal wieder auf dem Rückweg, während ihr bewusst wurde, dass sie sich vor lauter Aufregung fast in die Hose machte.

Konnte man denn nicht hier irgendwo mal eben schnell...? Juliane spähte prüfend in einen schwappenden Winkel hinter einem Mäuerchen, in das man dem Geruch nach zu urteilen die Küchenabfälle warf. Als sie näher hinschaute, schrak sie gründlich zusammen. Um so vieles schöner als alles Gemüse dieser Welt leuchtete ihr unter der Wasseroberfläche ein Gesicht entgegen, die Augen voll Sehnsucht himmelwärts gerichtet und umgeben von einer Flut langen, hellen Haares, das sich seicht im Rhythmus des Wassers bewegte.

Bis ins Mark erschüttert drehte sich Juliane zu ihrer Begleiterin um. „Nanu" bemerkte diese, „Sie sehen ja aus, als hätten Sie einen Geist gesehen".

Doch bevor Juliane ihr etwas erwidern konnte, erzählte die Kollegin schon wieder von etwas anderem.

Unerwarteterweise machte Julianes Tochter morgens am Frühstückstisch doch den Mund auf. „Bis nachher, ich komme auch zum Mittagessen mit Omi", verkündete sie, während sie nach ihrer Jacke und der Schultasche griff. „Und die Schule?", fragte Juliane sie müde. „Haben wir heut' nicht, ich geh' zu Heike lernen."

Für ihren sonst üblichen Abschiedskuss war es wohl zu früh, Juliane hörte bereits die Tür hinter ihr ins Schloss fallen. Vielleicht war Jamilah ja einfach selbständiger als andere in dem Alter, hoffte ihre Mutter. Und war erleichtert, dass das Eis zumindest ein bisschen gebrochen schien.

„Sagen Sie mal, Frau Hartmann-Pracht", sprach Juliane die Kollegin später bei der Arbeit an, weil ihr die letzte Nacht keine Ruhe ließ. „War Ihr Duramano eigentlich in Venedig ansässig? Wissen Sie, ob er dort vielleicht Familie hatte?"

„Aber natürlich", rief die Kollegin und unterbrach ihr vorsichtiges Abstauben einiger Geschirrserien. „Soweit mir bekannt, war er mit einem Mädel namens Rosalba liiert. Und ohne das Kind wäre es ja auch wohl kaum weitergegangen. Manchmal denke ich, das ist die Luft hier. All der Staub meine ich". Sie nickte Juliane bedeutungsvoll zu.

Auf deren konstant fragende Blicke hin fuhr sie fort zu erzählen und mit dem Straußenfederbusch zu wedeln. „Ein gutes Ende hat das ja alles leider nicht genommen. Rosalba ist scheinbar irgendwie gewaltsam ums Leben gekommen, nichts Genaues weiß man nicht. Über Umwege sind sie dann später in die Heimat zurück. Aber das eine sage ich Ihnen", sie beugte sich vertraulich zu Juliane vor. „Hätte ich eine Tochter gehabt - die würde Rosalba heißen! Auf die Kommentare hätte ich gepfiffen, mein Mann hatte ja für sowas kein Verständnis. Aber warum fragen Sie eigentlich?"

Während Juliane noch überlegte, was sie jetzt sagen könnte, fuhrwerkte ihnen jemand dazwischen. „Saltur, sollst mal dringend zum Chef!" Das kam nicht ungelegen. So entschuldigte sie sich und steuerte Stefans Büro an.

Auf dem Weg dorthin purzelten in Julianes Kopf die Gedanken nur so durcheinander. Was sollte sie denn davon halten, hatte sie jetzt übersinnliche Fähigkeiten? Ach, Unsinn - sicher hatte ihr die Hartmann-Pracht die ganze Geschichte schon auf dem Fest erzählt, sie selbst wieder mal nur mit halbem Ohr hingehört und im Traum musste das dann eben alles verarbeitet werden, so machte es viel mehr Sinn. Punkt, aus, fertig.

Willst du wissen, wie es ist,

wenn du ein Geheimnis bist?

Prickelnder als Küsse schmecken,

lockt Geschmeide, ein Versprechen,

dem leicht die Glieder brechen,

am leichtesten Verschlüsse.

*

Als Juliane leise ins Büro trat, hatte sie Gelegenheit, einen Blick auf Stefan zu werfen, der mit dem Rücken zu ihr vor einer Regalwand stand und die Aufschriften der Aktenordner studierte. Sie kam wieder einmal nicht umhin festzustellen, wie gut sie beide schon rein optisch zusammenpassten.

Er war schlank, noch um einiges größer als sie und von natürlicher Vornehmheit mit seinem fein gewellten, lückenlosen Haar, das, wie sie bemerkte, sogar exakt denselben, dezenten Goldton wie ihres aufwies. Während sie ihn nun noch nachdenklich musterte, federte er herum, klappte auf seinem Bürostuhl zusammen und rollte an den Tisch, wobei er sie mit kurzer Geste einlud, sich ebenfalls zu setzen.

160

Kaum hatte sie sich hingehockt, knallte er ihr den Sechshundert-Mark-Scheck von gestern auf den Tisch. „Frau Saltur, Sie wissen doch, dass wir solche Sachen nicht ungeprüft entgegennehmen!"

Kurz jagte er ihr damit einen Schrecken ein, dann erinnerte sich Juliane aber sofort daran, wie die Kollegin Greuner keine zwei Monate zuvor für einen Scheck über neunhundert Mark kräftig gelobt worden war. Wofür diese wohl auch nichts anderes getan hatte, als die Schecknummer mit der Liste der als falsch bekannt gewordenen Schecks abzugleichen, was sie selber natürlich auch nicht versäumt hatte. „Aber Frau Saltur, das ist bestimmt fünf Monate her, wenn nicht ein halbes Jahr", gab Stefan auf ihren Einwand hin betont genervt zurück. „Seither haben die Betrugsfälle stark zugenommen. Haben Sie die Mitteilung, die dazu herumging, denn nicht gelesen?" - „Sicherlich habe ich das, genauso wie all die anderen zu diesem Thema", sagte Juliane nun gemächlich und es entstand eine Pause. Sie wussten ja beide, dass solche Mitteilungen ständig herumgereicht wurden.

Erst jetzt spürte Juliane leise und allmählich eine gewisse Verächtlichkeit in sich aufsteigen. Natürlich nicht für Stefan, aber doch für die Art, wie er in der letzten Zeit mit ihr umsprang.

Das Gefühl kam neu, war völlig unerwartet und ihr überhaupt nicht angenehm. Musste er denn nicht irgendwie sein Gesicht wahren? Schließlich war er ihr Chef und hatte das Sagen. Aber diese allzu durchschaubaren und kleinlichen Manöver begannen, sie für sie beide zu beschämen.

Die Lippen fest aufeinandergepresst schaute sie stumm auf die Tischplatte. „Also sichern Sie sich bei der Sache wenigstens künftig grundsätzlich telefonisch bei der Bank ab", meinte er abschließend, wieder in etwas versöhnlicherem Ton. „Gut, geht in Ordnung", sagte sie, nahm den Scheck und wollte sich schon umdrehen, um zu gehen. Da forderte er sie plötzlich unter allerlei hektischen Zeichen und Grimassen auf, das Büro mit ihm gemeinsam zu verlassen.

In einem stillen Winkel hinter den Regalen richtete sich Stefan seufzend auf und sich das Haar, bevor er sich der verblüfften Juliane zuwandte. „Das hier ist ein Irrenhaus, in dem ich bald niemandem mehr vertraue", verkündete er mit leiser Stimme und schaute sie aus dem Augenwinkel heraus an. „Aber ich muss dringend mit dir reden, Juliane".

Sie sagte immer noch nichts, inzwischen einigermaßen verstört. Die Sache mit dem Scheck nagte an ihr, nicht anders als seine ganze Geheimniskrämerei.

Wie gern hätte sie ihn beispielsweise in ein paar Stunden ihrer Mutter vorgestellt und damit ein längst überfälliges Zeichen gesetzt. Statt dessen verschwanden sie schon wieder tuschelnd in einem Versteck. Das war doch wohl kaum nötig, wenn man nicht etwas zu verbergen hatte.

„Es ist so, Juliane. Meine Frau kommt nämlich nachher hierher, ich meine meine quasi noch... Ehefrau", verbesserte er sich, als er ihren Blick sah und biss sich dabei auf die Lippen. Dann brach es plötzlich aus ihm heraus. „Juliane, die Frau ist mittlerweile zu allem fähig! Ich habe richtiggehend das Gefühl, sie will mich fertig machen! Sie will sich rächen, begreifst du, was ich sage?" Er schaute schon wieder unsicher um sich, womit er sie prompt an Duramano und die Träume der vergangenen Nacht erinnerte. Durch seine offensichtliche Panik fand sie immerhin zu ihrer Sprache zurück. „Das tut mir sehr Leid für dich, Stefan. Und ich wünschte, ich könnte dir da behilflich sein", sagte sie. „Aber kannst du mir wenigstens einmal sagen, was das grundsätzlich mit mir zu tun haben könnte? Stefan?"

Wieder entstand Schweigen. Er ordnete immer noch unwirsch sein Haar. „Nichts", sagte er schließlich wenig überzeugend. „Natürlich ist das mein Problem und hat nichts mir dir zu tun. Aber sie will mir schaden und dazu ist ihr jedes Mittel recht. Gut möglich, dass sie sich an dich heranmacht, um dir irgendwelche Lügen zu erzählen. Verstehst du?"

„Und was zum Beispiel?" - „Juliane, Herrgott, jetzt nimm doch Vernunft an! Irgendwelchen Unsinn halt. Wenn diese Frau eines versteht, dann ist es, sich Geschichten auszumalen!" - „Was weiß sie denn von uns, Stefan?" - „Was weiß sie von uns, was weiß sie von uns", er verdrehte die Augen, es hielt ihn kaum an seinem Platz. „Hier tobt ein Scheidungskrieg, Juliane. Ich habe das Gefühl, sie überwacht mich auf Schritt und Tritt. Und was sie nicht sieht, reimt sie sich eben zusammen. Juliane, es geht mir an den Kragen und um meine Existenz! Da kann ich doch nicht seelenruhig mit dir und deiner Mutter Kaffee trinken gehen, verstehst du das denn nicht?"

„Mittag essen, nicht Kaffee trinken", berichtigte ihn Juliane mechanisch. Und doch, jetzt verstand sie ihn. Zwar konnte jemand wie sie wohl kaum über Scheidungskriege Bescheid wissen, aber immerhin schien Bewegung in die Sache zu kommen, was wohl schon als Fortschritt gelten durfte.

Und ihr war ja tatsächlich überhaupt nicht klar gewesen, dass sie mit ihren Ansprüchen seiner Ex bloß Munition lieferte im Kampf um deren und Stefans Existenz. „Nein, das wollte ich natürlich nicht, dir noch extra Ärger bereiten zu dem, was dich da jetzt erwartet", sagte sie zögerlich und schlug dabei die Augen nieder.

Nach einer Weile fügte sie hinzu „Mach' dir mal nicht zu viele Sorgen. Von mir erfährt sie nichts, sollte sie in irgendeiner Weise das Gespräch mit mir suchen."

Auch wenn sich seine zusammengesunkene Gestalt nun sichtbar entspannte, wirkte Stefan immer noch verärgert und abwesend, während er die Aussprache damit für beendet erklärte. Als ob er keine weitere Zeit verlieren wollte, drehte er sich augenblicklich um und verschwand. Nicht zum ersten Mal ließ er Juliane damit ratlos zurück. Sie wurde einfach nicht schlau aus ihm.

Der Besuch

Bereits am Eingang des Kaufhauses musste Julianes Mutter feststellen, wie ihr eigentlich alles zu viel wurde. Sie war es nicht mehr gewohnt, länger von zu Hause fort zu sein und die vielen Menschen um sie herum, von denen ihr die meisten fremd, ungepflegt und äußerst dubios vorkamen, waren kaum zu ertragen. Ganz zu schweigen von der schlechten Luft und dem grässlichen, künstlichen Licht. Wie hielt Juliane das bloß den ganzen Tag aus?

Warum hatte es ihre Tochter mit all ihren Talenten und bei ihrem guten Aussehen nicht fertiggebracht, etwas aus ihrem Leben zu machen? Sie könnte doch heute in einem gut situierten Fachgeschäft nur die beste Kundschaft erwarten, überlegte sich Hertha, während ihr das zum wiederholten Male sehr bitter aufstieß. Dieser Ort war aber auch wie gemacht dafür, um sich über verpasste Chancen zu grämen.

Oder besser noch, bestimmt hätte sie es mit einem anständigen und gut verdienenden Mann an ihrer Seite nicht mal nötig gehabt zu arbeiten. Der hätte ihr etwas bieten und ihrem Kind diesen würdelosen Existenzkampf unter diesen verkommenen Gestalten sicher ersparen können. Das konnte doch für niemanden schön sein und war doch nichts für ihre Tochter!

Finanziell gut gestellt könnten sie jetzt beide bloß so zum Spaß miteinander verabredet sein, irgendwo in einem gepflegten, sauberen Ambiente und schlicht, weil man die Zeit hätte, sich umeinander zu kümmern, wie es sich gehörte und das dann eben auch tat. Um sich einen schönen Tag zu machen, wie ihn jeder einmal brauchte. Von den trüben Gedanken zermürbt und geschwächt vom langen Weg bis zum Arbeitsplatz ihrer Tochter, ging es mit der Laune der alten Frau Saltur rapide bergab. Endlich oben in der Porzellanabteilung angelangt, hatte ihre Stimmung einen Tiefpunkt erreicht.

Und was fiel ihr dort gleich als erstes ins Auge? Ein Schild, das über einem Tisch prangte, der unter der Last des darauf gestapelten Geschirrs bald zusammenbrach. Mit dem Kauf von 'Maria, weiß', so war darauf in gewaltigen Lettern zu lesen, habe man sich quasi für immer zeitloser Schönheit und Eleganz verschrieben. Das Service sei als Hochzeitsgeschirr genauso wunderbar geeignet wie für „ein glückliches und langes Leben". Ha! Wollte sie hier etwa jemand auf den Arm nehmen?

Hertha schaute wild um sich, als erwarte sie wütendes Gemurmel von allen Seiten. Sie fuchtelte vor dem Tisch so bedrohlich mit ihrem Stock herum, dass sie ins Visier von gleich zwei Verkäuferinnen geriet, die sie warnend beäugten. Davon halbwegs gebremst blieb sie empört schnaufend stehen.

Fürs ganze Leben, dass sie sich nicht gleich totlachte. Konnte es denn wahr sein, dass man heute noch derart auf diesen Emporkömmling Rosenthal hereinfiel? Auf einen Riesenangeber, der sogar Postreiter in Amerika gewesen sein wollte, ha! Der sich bei seiner Idee zu 'Maria' angeblich durch englische Silberkannen mit Holzgriff hatte inspirieren lassen. Geschirr im „Empire-Stil", das klang nach Teatime in Indien oder Übersee, da mochte es passen.

Und dann hatte es dieser Mensch doch lediglich durch einen ungeheuer kitschigen Aschenbecher, dem „Ruheplätzchen für Zigarren", zu Geld gebracht. Kein ehrwürdiger Porzellanhersteller, der sich darüber nicht seinerzeit völlig zu Recht mokiert hatte!

Was Julianes Mutter aber endgültig den Atem verschlug, war dieses Hochzeitsgeschwafel auf dem Schild. Das war doch wohl skandalös und der nackte Hohn. Wusste man es nicht besser oder wollte es niemand mehr hören, dass man bei dieser Maria einer Geschiedenen mit Kind huldigte, die einem 35 Jahre älteren Fabrikanten so den Kopf verdreht hatte, dass der Frau und Kinder abschrieb und es sich obendrein erlaubte, seine Eskapade durch ein Service zu verewigen! Gab es vielleicht ein Dekor 'Mathilde', mit dem sich der alte Rosenthal bei seiner ersten Ehefrau bedankt hätte? Das hätte schon von daher eher gepasst, weil die noch selbst Hand angelegt und ihrem Mann nicht nur sein Porzellan bemalt, sondern den Krempel sogar höchstpersönlich kilometerweit von Selb nach Plössberg gekarrt hatte.

Hertha Saltur war außer sich, sie kochte vor Wut. Lediglich die Erinnerung an Philipp Rosenthals Ende, eingeläutet durch seinen „arischen" Stiefsohn (Marias Sohn aus erster Ehe), auf dessen Treiben hin der Porzellanfabrikant für verrückt erklärt und in eine Anstalt abgeschoben worden war, vermochte sie zu beruhigen.

Allerdings hatte Hertha Salturs verstorbener Mann das Vorgehen seinerzeit trotz seiner überaus nationalen Gesinnung schlicht kriminell genannt und das war es ja wohl auch irgendwie. Na, was wollte man auch von einem Spross Marias erwarten.

Aber wie konnte sich ihre Juliane bloß, noch dazu in ihrer Position, für derart unverfrorene Reklame hergeben, das wollte ihrer Mutter einfach nicht in den Kopf. Und dann dieses scheinheilige Granatapfel-Relief auf dem Service – spätestens da wusste ihre Tochter doch Bescheid. Damit hatte sich der alte Rosenthal vermutlich nicht nur die Porzellanmaler gespart, sondern ausgerechnet auf die Jungfrau Maria angespielt, die man häufig mit solchen Früchten abbildete.

Also, was für eine Dreistigkeit! Aber, das musste man dieser Maria Rosenthal, vormaliger Franck, geborener sonstwas und späterer Gräfin de Beurges lassen – die hatte es zu etwas gebracht, Hertha knirschte mit dem Gebiss. Kaum war der alte Rosenthal begraben, hatte sich dessen Witwe nach Cannes aufgemacht, in nunmehr dritter Ehe einen französischen Aristokraten geheiratet und war fortan zur Adeligen avanciert. Ein bisschen was von solcher Chuzpe hätte sie sich ja für ihre Tochter auch gut vorstellen können, suchend kniff Julianes Mutter die Augen zusammen.

Apropos ihre Tochter – als sie diese in dem Gewimmel der Leute endlich ausmachte, war Julianes Anblick nicht dazu angetan, ihre alte Mutter zu beruhigen. Schmal und hohlwangig stand sie verloren zwischen den überladenen Tischen herum, spielte mit ihren Fingern und schien für nichts und niemanden einen Blick aus den großen, verschreckten Rehaugen übrig zu haben.

Was war los mit ihr? Juliane sah doch aus, als habe sie nächtelang kein Auge mehr zugetan, ihre Mutter verharrte einen Moment in schweigender Beobachtung. Immerhin wechselte Juliane nun gerade ein paar Worte mit einem sehr gut aussehenden, distinguiert wirkenden Herrn. War das etwa ihr Vorgesetzter? Na, da war er doch, der Kandidat für eine anständige Verbindung. Da, gleich vor ihrer Nase! Hertha schüttelte fassungslos den Kopf. Ihre Tochter kam doch eindeutig ganz nach ihrem Vater. Was waren das beides doch im Grunde für naive Schafe, da ließ sich nichts beschönigen. Wieder fuchtelte Julianes Mutter mit dem Stock herum, diesmal jedoch, um ihre Tochter auf sich aufmerksam zu machen.

„Hallo, Mamma! Na, Mensch, da bist du aber sehr zeitig", begrüßte Juliane ihre Mutter, nachdem sie diese in der Menge endlich ausfindig gemacht hatte. Während sie sprach, warf sie weiterhin nervöse Blicke um sich und murmelte „Wo bleibt denn Jamilah? Sie wollte doch auch kommen. Der Himmel weiß, wo die nun wieder steckt...".

Das war ja ein herzliches Willkommen, so hatte sie sich ihren Besuch bestimmt nicht vorgestellt. Herthas Mundwinkel sackten abermals ein Stück herunter, was Juliane aufstöhnen ließ, als sie es bemerkte. „Mutti, tu mir einen Gefallen und reg' dich jetzt bloß nicht gleich wieder auf! Hier ist heute die Hölle los, das siehst du doch..." - „Das sehe ich allerdings!" - „Und bei diesem Stress und wenn du zu früh kommst, kann ich hier jetzt nicht alles stehen und liegen lassen..." - „Und was soll das bitte heißen?" - „Nichts, Mutti. Nur, dass du hoffentlich ein bisschen Geduld mitgebracht hast. Schau, ich setze dich mal auf das Kundenbänkchen da vorn und bringe dir gleich etwas zu trinken..." - „Gut, denn dass ich bei dieser Luft hier noch stundenlang herumstehe, kann wohl niemand erwarten." - „Nein, Mammi, natürlich nicht."

Und natürlich verfluchte sich Juliane insgeheim bereits dafür, diesem Treffen überhaupt zugestimmt zu haben. Es dauerte eine Weile, bis sie ihre Mutter endlich zu dem Sitzplatz bugsiert und dort zwischengeparkt hatte. Bloß bis Jamilah endlich aufzukreuzen beliebte und sie zum Essen aufbrechen konnten. Juliane verstand kein Wort von dem wirren Gerede ihrer Mutter, stand ihre alte Dame etwa kurz vor einer Ohnmacht? Welcher Skandal um was für eine Maria und sie sollte daran noch selbst schuld sein, weil sie so etwas zuließ... .

Es dämmerte ihr erst etwas, als ihre entrüstete Mutter mit dem Stock auf ein Reklameschild zeigte. Ach so, Herrgott, sie meinte 'Maria, weiß' von Rosenthal, ihren Verkaufsschlager. „Ach, Mutti, bitte, nun lass' doch diese alten Querelen." Juliane geriet ins Jammern, während sie ihrer Mutter einen Schluck Wasser brachte. Sie erwähnte wohlweislich mit keinem Wort, dass die Bilanzen der Porzellanabteilung nur dank solcher Maßnahmen etwas weniger schlecht ausfielen und sie 'Maria' verkauften, wo es nur ging.

„Rosenthal kann den Leuten etwas bieten, Mamma. So kulant wie die ersetzt kaum ein anderes Unternehmen kaputte Teile... und diese steinalten Geschichten darum, wer Maria nun war, das weiß doch heute gar keiner mehr!" - Himmel, war das anstrengend. - „Aber Muttilein, da fragen die mich doch nicht, ob ich so ein Schild hier dulde, ich bin in diesem Laden für den Verkauf angestellt!". Ihre Mutter hatte manchmal Vorstellungen... .

Wenigstens schien Stefan Juliane inzwischen ein bisschen mehr zugetan. Trotz des heute geradezu irrsinnigen Betriebs hatte er sich mehrmals zu ihr gestellt und ein paar freundliche Worte mit ihr gewechselt. Das erwies sich als Balsam für ihre wunde Seele. Mal ehrlich, im Grunde konnte Juliane solche Ehefrauen wie die von Stefan nicht so recht begreifen. Wie konnte man bereit sein, jemandem alles zu zerstören, nur weil es im Leben nicht immer nach Wunsch lief. Zur Not musste man doch zu Abstrichen bereit sein, auch wenn das vielleicht am Ende hieß, dass man arbeiten gehen musste, so wie andere Menschen auf der Erde auch.

Niemand konnte ewig die Madame spielen, fand Juliane. Aber sämtliche Energien darauf zu verwenden, einen Partner zu bekriegen, den man einmal geliebt hatte und es vielleicht sogar noch tat und erst recht, wenn Kinder im Spiel waren, also dafür fehlte ihr mittlerweile jedes Verständnis.

Aber so ein Scheidungsdrama fand ja mit der Scheidung sein natürliches Ende. Dann gab es kein Zurück mehr und wenn das für Stefan eines schönen und nicht mehr fernen Tages ausgestanden war, dann konnte man wohl zu Recht von einer tiefgreifenden Erfahrung sprechen.

Nach so einer Sache wüsste er zweifellos eher zu schätzen, was es hieß, künftig eine tolerante und eigenständige Partnerin an seiner Seite zu haben. Juliane und er lächelten einander nun von weitem zu, es hatte ja alles immer auch sein Gutes. Der Herr Teuterich war doch im Grunde ein sensibler Mensch und man musste kein Prophet sein um zu erkennen, dass sein häusliches Chaos lediglich seine durcheinandergeratene Innenwelt widerspiegelte.

Waren Juliane und er erst einmal fest liiert, dann gäbe es doch in beider Leben einiges aufzuräumen und Stefan sähe Schritt für Schritt ein, wie unnötig das war, sich daheim noch ein zweites Kaufhaus einzurichten. Viel von dem Zeug in seinem Haus war ja praktischerweise noch originalverpackt, eventuell ließ sich das eine oder andere sogar zurückgeben.

Solange sie nur zusammenhielten, würde sich schon für alles eine Lösung finden. Juliane merkte erleichtert, wie sie sich nach längerer Zeit erstmals wieder in der Lage sah, frei durchzuatmen und voller Hoffnung in die Zukunft zu blicken.

So würde sie auch diesen Tag hoffentlich unbeschadet überstehen. Gut zwanzig Minuten später stand Juliane völlig verschwitzt und mit einem Tablett bewaffnet oben im Bistro vor dem Salatbuffet. Sie versuchte, den Mais-, Möhren- und Champignonhäufchen vor sich durch angestrengtes Starren zu entlocken, was ihre Mutter davon am wenigsten zurückweisen würde, aber leider fiel eigentlich alles durchs Raster.

Überfordert von dem vollen Kaufhaus hörte Hertha heute nicht mehr auf zu nörgeln und brachte Juliane damit noch um das letzte bisschen Verstand. Endlich heil in dem Selbstbedienungsrestaurant angekommen, hatte ihre Mutter keinesfalls in einer Ecke „bei den Asozialen" Platz nehmen wollen. Am nächsten Tisch zog es ihrer Meinung nach „wie Hechtsuppe" und so verlangte Hertha lauthals „gefälligst Rücksicht zu nehmen und die Fenster geschlossen zu halten", (sie ließen sich gar nicht öffnen). Bei der dritten Sitzgelegenheit erspähte sie sofort Flecke auf den Sitzpolstern und ekelte sich vor dem klebrigen Tisch, aber hier hatte Juliane genug gehabt, irgendwo einen Lappen hervorgezerrt und alles so gut es ging selbst sauber gewischt. Danach ließ sie ihre Mutter einfach stehen und flüchtete in den Selbstbedienungsbereich. Und hier stand sie nun und fürchtete sich hemmunglos davor, demnächst an den Tisch zurückkehren zu müssen.

Mit ihren endlosen Klagen und Vorurteilen allem und jedem und insbesondere natürlich allem Jüdischen gegenüber hatten beide Eltern Juliane schon immer zugesetzt. Aber während ihre Mutter im Alter immer rigider wurde, war ihr Vater mit seiner unleidlichen Haltung herrlich inkonsequent umgegangen, was sich mit fortschreitender Krankheit noch gesteigert hatte.

Das beste Beispiel war Fritz Kreisler. Zwar pflegte Paul Saltur zeitlebens jede Diskussion über die Einflüsse der Juden auf das Gesellschaftsleben in Deutschland nach dem zweiten Satz unter Gebrüll abzubrechen.

Aber nicht selten fand Juliane sonntags gekritzelte Geheimbotschaften auf der Schale ihres Frühstückseis, „Heute hören wir den Kreisler, was?". Bei den ersten Klängen des Schallplattenspielers steckte Hertha dann regelmäßig ihre Nase zur Tür herein. „Hört ihr wieder den Kreisler, diesen Juden?" - „Pschttt", machte ihr Vater dann, „Sei mal still!" Und dann lauschten sie der Violine, die unsagbar altmodisch aus ihren leisen, sehnsüchtig in die Luft geschwungenen Juchzern einen Ohrwurm zusammenzirpte.

Das waren dann die „Midnight Bells" aus dem Walzer „Geh'n wir ins Chambre Séparéé", die Paul Saltur die unbeholfene Aussprache gleich zweier Fremdsprachen abverlangte und Heubergers „Opernball" entstammten, wie er hinterher ausführlich erläuterte. „Wiener Operette ist das nämlich, weißt du", während Hertha draußen vor der Zimmertür vorbeitobte, „und ein Spieler war das auch noch, der Kreisler!"

„Na, da ärgern die Sie heute aber wieder alle sehr, oder?", bemerkte die Kassiererin mitfühlend zu Juliane. „Bitte, wie?". - Die Frau sagte nichts mehr, aber tatsächlich war eine dicke Träne genau neben die Tomatensuppe für ihre Mutter getropft, wie peinlich. Juliane bezahlte rasch und wandte sich mit dem gut gefüllten Tablett wieder den Tischen zu.

Wenigstens sah sie dort bei ihrer Mutter nicht einen, sondern zwei Köpfe einander gegenübersitzen, zwei bemerkenswert ähnliche Krausschöpfe, gepflegt und sorgfaltsblond der eine, satt brünett der andere. Jamilah hatte sie gefunden.

Bustelli oder
wieso nicht jemand Bekanntes?

Was waren ihre Mutter und Tochter doch von gänzlich anderem Schlage als sie selbst, fiel Juliane wieder einmal auf, während sie sich einen Weg zu den zweien durch die Tische bahnte.

Wie immer, wenn sie zu dritt zusammenkamen, fühlte sie sich seltsam unsicher und ausgeschlossen, was nur zum Teil daran lag, dass sie als einzige kein üppig gelocktes Haupt vorzuweisen hatte.

Was ihr zudem komplett fehlte, war die Art, sich allein durch den aufreizend gesenkten Blick aus der Umgebung auszuklinken und damit alle Regeln der Konversation in den Wind zu schießen.

Eine solche Haltung machte Frauen, die es beherrschten, zu Königinnen – und degradierte zwangsläufig die übrigen. Ein vernünftiger Gebrauch von Augen und Ohren taugte unter diesen Umständen allenfalls noch für Botendienste und zum Rapport.

Dies musste das Geheimnis sein, überlegte sich Juliane, warum sie sich bei jedem Treffen den beiden anderen gegenüber so hoffnungslos unterlegen fühlte – und sich oft genug wie ein Laufbursche vorkam.

Doch ob Instinkt oder Strategie, das Vorgehen funktionierte einwandfrei und sehr zuverlässig, da gab es nichts. Juliane musste wider Willen lachen, als sie sich gleich wieder bemüßigt fühlte, bereits von weitem und betont munter „Hallo, da sind ja meine beiden!" zu krähen, wobei sie erwartungsgemäß kaum beachtet wurde. Hertha kramte ohne aufzusehen weiter in ihrer Tasche, Jamilah entfusselte sich hingebungsvoll. Beide hoben gerade eben so den Kopf, als gelte es kurz zu demonstrieren, dass man ja nicht taub war.

Darüber verärgert und abgehetzt, wie sie war, setzte Juliane das Tablett so heftig auf dem Tisch ab, dass die Suppe überschwappte. Das war doch einfach keine Art! Und dies war der Moment, wo sie sich so ein Verhalten ein für alle Mal verbat.

Aber kaum war sie erschöpft auf einen Stuhl geplumpst, stellte sie fest, dass heute alles anders war. Großmutter und Enkelin schienen nicht gegen sie vereint, sondern einander selbst nicht grün. Wobei Jamilah offensichtlich in die Defensive geriet, wie nicht bloß ihre rotgeweinten Augen bezeugten. „Warum denn nun aber ausgerechnet dieser Ausländer?", wurde ihr gerade von der pausenlos ins Taschentuch schnüffelnden Oma vorgehalten. „Noch dazu, wo der in Bayern zugange war! In Meißen, wo deine mütterliche Linie schließlich herkommt, gibt es doch haufenweise namhafte Künstler, über die es sich zu berichten lohnt. Wieso machst du nicht eine hübsche Arbeit über Kaendler oder Höroldt...". Jamilah zog ein Gesicht, als ob ihr gleich schlecht würde.

Auch Julianes Herz drohte sich zu verkrampfen ob der blassen und verzerrten Miene ihrer Tochter. „Geh' du dir erst mal was zu essen und zu trinken holen", mischte sie sich hastig ein und drückte Jamilah einen Schein in die Hand. „Und habe ich schon danke gesagt, weil du gekommen bist?"

Verwundert sah sie nun ihre Tochter aufspringen und regelrecht davonstürmen, wobei deren schmaler Rücken verdächtig zuckte. Was zum Teufel ist nur mit ihr los?, fragte sich Juliane und „sage mal, was ist hier eigentlich los?" fragte in diesem Moment ihre Mutter, die den Löffel über der Suppe schweben ließ. „Iss' du mal, sonst wird ja noch alles kalt", entgegnete ihr Juliane rasch. Aber es stimmte. Was war eigentlich los?

Jamilah plante für den Kunstunterricht ein Referat über Bustelli. Franz Anton Bustelli oder besser gesagt Francesco Antonio, in den zwanziger Jahren des 18. Jahrhunderts in Locarno im Tessin geboren, war ein unvergessener Porzellanmodelleur und -maler der Manufaktur Nymphenburg in Bayern. Diese hatte durch Bustellis in der Menge durchaus überschaubares Werk Weltruhm erlangt und das, obwohl man so gut wie nichts über den Künstler wusste und er dort keine neun Jahre tätig war, bevor er als kaum Vierzigjähriger starb.

Juliane griff nach einem kleinen, braunen Heftchen, dass ihre Tochter auf dem Tisch hatte liegenlassen. „Heutzutage geben die Lehrer den Heranwachsenden Originale einfach so in die Hand", bemerkte Hertha dazu kopfschüttelnd und auch Juliane drehte den kleinen „Kunstbrief" von 1947 über Bustellis Schaffen fast ehrfurchtsvoll in ihren Händen.

Dabei hatte sie selbst diesem Meister nie viel abgewinnen können. Seine Commedia dell'arte-Figuren schienen sich schlangengleich aus dem Boden herauszuwinden, mit kleineren Köpfen als üblicherweise bei Porzellanfiguren, wodurch sie weniger puppenhaft aussahen und was sie für Juliane in ferne Welten rückte.

Der Modelleur musste sich an den französischen und italienischen Theaterdarstellern seiner Zeit orientiert haben, was seinen Formen eine Individualität und Lebendigkeit verlieh, die einem unheimlich werden konnte.

So klappte Juliane das Heft rasch wieder zu, nachdem sie sich auch gleich prompt in einer Frauenfigur namens Lalagé – war es die Harlekinette und was hielt sie da in der Hand, einen Wurm? Nein, es war wohl ein Löffel ... - selbst wiedererkannt hatte und fragte zerstreut „was sagst du?", während sich ihre Mutter weiterhin nicht erklären konnte, wie man einen Kaendler überging, um ein Referat über einen unbedeutenden Italiener aus Bayern zu halten.

Wieso fiel Juliane denn jetzt auf einmal auf, dass - seit Jamilah auf der Welt war - kein Mann je ihre Wohnung betreten hatte, abgesehen von Opa natürlich. Weil sie stets hatte vermeiden wollen, dass ihr Kind beim Frühstück in das Gesicht eines fremden Kerls schauen musste. Auf so viel Konsequenz über all die Jahre hinweg konnte man doch eigentlich ganz stolz sein, sann sie vor sich hin. Nachdem es für Jamilah schon schwer genug gewesen sein musste, ohne Vater aufzuwachsen und diesen noch nicht einmal zu kennen geschweige denn viel über ihn zu wissen.

Juliane schloss die Augen bei dem Gedanken, wie sich ihr Liebesleben bis zum 15. Geburtstag ihrer Tochter abgespielt hatte. Hier und da ein schöner

Abend, eine kurze Flucht aus dem Alltag, bei der mit etwas Glück noch der freie Nachmittag dazukam und noch vor elf war sie wieder zu Hause.

Danach, hatte sie gedacht, konnte sie ihrem Mädchen gegenüber, das ja auch allmählich zur Frau wurde, ein bisschen mehr zumuten.

Nicht ganz ein Jahr war es her, da hatte Juliane allen Mut zusammengenommen und gesagt: „Ich bin die Nacht über heute im Hotel, hier ist die Telefonnummer", - „Was?". Nie würde sie das entgeisterte Gesicht vergessen, das ihre Tochter gemacht hatte. - „Ja, nur falls etwas ist...". „Ach du, das ist jetzt wirklich nicht nötig", hatte Jamilah seltsam steif und förmlich erwidert. „Ich werd' die Bude schon nicht abfackeln, wenn du nicht da bist. Und vielleicht schlafe ich ja auch woanders, dann kann gar nichts passieren!" Mit diesen Worten hatte sie sich umgedreht und war gegangen und – genau! - da hatte ihr Rücken auch gezuckt, so kam Juliane drauf.

Aber, das war doch bloß alles menschlich und kein Drama, Herrgott. Juliane krümmte sich still auf ihrem Sitz, gnadenlos fixiert von ihrer Mutter.

Jamilah hatte doch nun wirklich die beste und toleranteste Mamma, die man sich wünschen konnte und wurde darum allseits beneidet, war es nicht so?

Und hatte sie nicht buchstäblich und nach Kräften immer alles für ihre Tochter getan, begonnen damit, dass sie sie gegen Widerstände überhaupt zur Welt gebracht hatte? Da gab es ja bekanntlich auch andere Lösungen, wie sie ihr – zum Beispiel – von der Frau neben ihr vorgeschlagen worden waren, sie konnte sich noch sehr gut erinnern.

Aber so etwas wäre für sie nicht einen Moment lang in Betracht gekommen, zählte das denn gar nicht? Sicher, eine Hotelnummer anstelle eines Vaters, - es gab im Leben Dinge, die man nicht zu wiederholen brauchte. Aber jetzt war die Marschrichtung doch längst eine andere, Stefan war als Stiefvater zum Greifen nahe und sie kannten sich ja auch schon und waren einander wohl ganz sympathisch. Wahrscheinlich gab es ein Gespür dafür, wann man als Familie ganz gut harmonierte, Juliane löste sich mühsam aus ihrer Angststarre. Es konnte immer noch alles wunderschön werden, verdammt. Sie sah im Geiste ihren eigenen Vater auf sich hinunterlächeln, bei Stefan und Jamilah wäre das doch kaum anders. Nichts konnte passieren, nichts.

Auch Jamilah stellte ihr Tablett so heftig auf dem Tisch ab, dass dieser wackelte. Mutter und Oma schauten wortlos auf ihre winzige Alibi-Mahlzeit und die Minipackung Kakao mit Strohhalm, beides machte sich auf dem weitläufigen Tablett aus wie aus luftiger Höhe aufgenommen.

„Ich finde es großartig, dass du ein Referat über Bustelli machst, ein wirklich bedeutender Künstler", brach Juliane nach einer Weile das Schweigen. „Und der Bezug zum Porzellan ist ganz wunderbar gelungen!" - „Ja, stimmt. Genau das findet meine Lehrerin auch", sagte ihre Tochter in die sich lösende Spannung hinein und zog an ihrem Strohhalm. „Und am meisten gefällt ihr der soziale Aspekt dabei, sagt sie, eben dass der Bustelli ganz allein aus seiner Heimat weg ist, sich im Ausland etwas aufgebaut hat und wahrscheinlich niemals Unterstützung von irgendwem bekommen hat. Ich soll auch nicht vergessen zu erwähnen, dass er Zeit seines Lebens ganz schlecht bezahlt worden ist für das, was er alles geleistet hat...".

Beide taten so, als ob sie nicht hörten, wie Hertha nun scharf die Luft einzog. „Und davon mal ganz abgesehen, sind seine Figuren ja auch viel schöner als die von den anderen, er war ja glaube ich auch Bildhauer. Echte Kunst eben!".

Wieder war es eine Zeitlang still. Juliane schielte aus dem Augenwinkel zu ihrer Mutter herüber. Die durchwühlte gerade wieder ihre Tasche, ein wahres Ungetüm, bei dem man sich unweigerlich fragte, wie

185

jemand es freiwillig mit sich herumschleppen konnte, noch dazu, wenn man schlecht zu Fuß war. Aber das Ding schien alles zu bergen, was zum Überleben nötig war. Hertha hatte nun etwas gefunden, riss den Deckel ab und roch mit fest geschlossenen Augen daran. Dann stülpte sie ihn wieder drauf, steckte das Fläschchen zurück und kramte weiter. Juliane schaute woanders hin, wie mittlerweile jeder von ihnen. Niemand sagte noch etwas.

Natürlich kriegten sie sich später alle drei wieder ein. Und es wurde ja doch noch ganz nett. Kein Wunder, mit ein bisschen was im Magen und nach anständiger Verschnaufspause war jeder dem anderen wieder gewogen und stimmte in das angeregte Bistro-Geplauder ringsum mit ein.

Am Ende war es richtig schade, dass die Zeit so schnell verflog. Diesbezüglich fand Hertha dann doch noch etwas auszusetzen. „Mit dem richtigen Ehemann an deiner Seite müssten wir nicht so überstürzt aufbrechen, da könnten wir jetzt noch in aller Ruhe sitzenbleiben", monierte sie. „Treffer, Oma. Sitzenbleiben ist genau das richtige Wort", sagte Jamilah wie der Blitz, bevor Juliane überhaupt Luft holen konnte. „Bei mir in der Schule sind inzwischen so gut wie alle Eltern geschieden. Da hätte die Mamma dann neben der Arbeit noch den ganzen Ärger. Geh' mal lieber nicht davon aus, dass jeder Mann so wie Opi ist." So war auch das geklärt und nach Umarmungen und Beteuerungen trennten sich ihre Wege und Juliane musste im dritten Geschoss raus aus dem Fahrstuhl.

Frau Teuterich

An ihren Arbeitsplatz zurückgekehrt, fühlte sich Juliane dort auf einmal eigenartig fremd. Obwohl sich nicht viel verändert haben konnte und alles wirkte wie zuvor, nahm sie nun scheinbar jedes noch so kleine Detail vollkommen anders wahr.

Uschi Adlboden hatte in der Zwischenzeit wieder mal einen Vorstoß gewagt und einen Tisch wunderschön mit Rosenthal-Porzellan und dazu passenden Kristallgläsern eingedeckt - eine Oase inmitten der Geschirrberge, wie sogar die Hartmann-Pracht und Fräulein Greuner anerkennend bemerkten. Stefan machte darum einen weiten Bogen, hielt sich aber ansonsten dezent zurück.

Hinter der Kassentheke schienen sich zwei Pferde in übermütiger Flucht aus dem Staub zu machen. Hengst und Stute des Hutschenreuther Ensembles 'In Freiheit' hatten anscheinend einen Käufer gefunden und warteten nur noch darauf, verpackt und mitgenommen zu werden. Auch dieser Vorgang war ja in einer Porzellanabteilung keinesfalls ungewöhnlich. Dennoch verstärkte er in Juliane den geradezu gespenstischen Eindruck, sie rufe sich wie nach einer Katastrophe den Blick zurück in Erinnerung auf ein bereits zerstörtes Idyll. Das klang doch nicht bloß verrückt, sondern fühlte sich auch exakt so an! Beinahe verzweifelt machte sie eine Handbewegung in Stefans Richtung, der keine drei Sekunden später atemlos neben ihr stand, sich unablässig die Fäuste reibend.

„Frau Saltur, hatten Sie denn eine schöne Mittagspause? Alles bestens?" Das verblüffte sie derart, dass sie nur sprachlos nicken konnte und nachdem er sie noch flüchtig an der Schulter berührt hatte, war Stefan schon wieder verschwunden, fast wie eine Fata Morgana. „Halt, warte doch!", wollte sie ihm eigentlich hinterherrufen, denn sie fühlte sich schwach und spielte mit dem Gedanken, sich nach Hause schicken und krankschreiben zu lassen.

Aber aus welchem Anlass, ihr fehlte doch gar nichts. Überreizte Sinne und in der Folge panische Anwandlungen - was sollten das denn bitte für Gründe sein. Ihr Mund formte Worte, wovon aber nicht der leiseste Ton nach außen drang. Wenn ihr Stefan das nächste Mal über den Weg lief, würde sie ihn darum bitten, um drei gehen zu dürfen, das nahm sie sich fest vor. Was auch ein wenig half, um sie endlich ruhiger werden zu lassen.

Juliane flüchtete sich für ein paar Minuten auf die Personaltoilette und anschließend in ein scherzhaftes Geplänkel mit Hannes Weinheim, dem Glasgraveur. Noch einmal ausgiebig geschüttelt und es ging wieder. Konnte man unter seiner eigenen Phantasie leiden und sich dann davon beinahe umhauen lassen? Offenbar war das möglich.

Gute zwei Stunden später war von alldem nur ein schaler Geschmack im Mund übrig, wie von einem Betäubungsmittel oder der Erinnerung an einen länger zurückliegenden, schweren Traum.

Juliane kam jedoch nicht mehr umhin, festzustellen, dass ihr die Hektik des Kaufhausbetriebs mit den Jahren wohl stärker zusetzte, als sie gedacht hatte. Hinzu kam, dass sich die stickige Luft mit einem Mal wie Watte auf ihre Atemwege legte, das war wohl auch der Auslöser. Denn wenn man nicht richtig Luft holen konnte, dann erhielt das Gehirn nicht genügend Sauerstoff, was einem anschließend solche Zustände wie vorhin bescherte. Das beste Beispiel war ja ihre unverwüstliche Mutter, die sich hier bereits nach ein paar Minuten merkwürdig benommen und fast schlappgemacht hatte.

Ab sofort würde Juliane mittags ausgiebig an der frischen Luft spazieren gehen müssen, das war das mindeste. Nebenbei könnte sie noch dies oder jenes einholen, das entlastete dann auch ein wenig vom Einkaufsstress am Wochenende.

Apropos, so ließ sich die Pause am Nachmittag nutzen - sie könnte im Untergeschoss gleich ein paar Lebensmittel besorgen. Der dort befindliche, überteuerte Supermarkt war normalerweise nicht Julianes Fall, aber momentan kam er ganz gelegen. Und wenn sie die Treppen hinunter nahm, hatte sie ein bisschen Bewegung, was den Kreislauf ankurbelte. Das war doch nicht schlecht.

Unten war wenig los, kein Wunder bei den Preisen. Im Nu hatte sich Juliane mit ihrem Körbchen durch die Kasse geschleust und befand sich schon wieder auf dem Rückweg.

Vorbei ging es an einer gemütlichen Kaffeetheke, die ihr bislang noch gar nicht aufgefallen war. Sollte sie sich dort noch rasch einen Espresso genehmigen? Das konnte ja nicht schaden und würde den für den Rest des Tages nötigen Treibstoff liefern. Sich eben auf den Barhocker schwingen und das Tässchen bestellen war alles eins. Ebenso wie noch den Kopf dabei zu drehen, als jemand mitten in ihren flinken Entschluss hinein „Ach, Frau Saltur? Sie sind doch Frau

Saltur? Da lernen wir uns endlich einmal kennen"
sagte.

Juliane zog scharf die Luft ein und hätte kaum zu
sagen vermocht, was beeindruckender war, die nach-
lässige Erscheinung der Person, die da vor ihr stand,
oder ihre außergewöhnliche Schönheit.

Die leicht schrägen, dunkelgrünen Augen vermit-
telten eine derart traurige Tiefe, wie man sie bei einem so hübschen Wesen nicht erwartete. Dazu passten die hohen Wangenknochen perfekt, sie hätten
auch einer James-Bond-Gespielin gestanden, wären
da nicht zugleich die unschuldig aufgeworfenen Lippen gewesen, die ebenso kindlich wie madonnenhaft
ein Gebiss wie aus Milchzähnen beschirmten.

Fest an der Hand der Frau klemmte ein kleiner,
sich heftig sträubender Junge, zweifellos ihr Sohn,
von der Natur ähnlich zauberhaft ausgestattet. Sein
womit auch immer verschmierter Mund verwandelte
ihn allerdings in ein Zigeunerkind und seine Mutter
verstärkte diesen Eindruck noch in ihrem kittelähnli-
chen, geblümten, an mehreren Stellen eingerissenen
und fleckigen Kleid.

Am schlimmsten aber war ihr unordentliches
Haar, eine ebenso fettige wie strähnige halblange
Masse, offenkundig ungekämmt und selbst gekürzt,

in Nähe des Ansatzes machten sich deutlich weiße Schuppen auf der entzündeten Kopfhaut breit. Der völlig sprachlosen und entgeisterten Juliane war es unbegreiflich, wie man sich als Frau derart gehenlassen konnte. Und doch war kaum etwas anderes denkbar, als dass sie hier Stefans Familie vor sich sah.

Für einige Augenblicke schien in ihrem Kopf einfach nicht genug Platz zu sein für beides, für Stefans wie aus dem Ei gepellte Erscheinung, wie sie vor ihrem geistigen Auge erstand und dieses bettlerhafte Duo, das sie jetzt ganz real fixierte.

Der Espresso kam und Juliane starrte auf ihn hinunter. Ihr fiel nichts ein, was sie hätte sagen können, zumal sie sich gerade an ihre Zusage erinnerte, Stefans Ex nichts gegen ihren Mann in die Hand zu geben. Schweigen war hier wirklich das beste, auch wenn der Kleine nun laut nörgelnd am Kleid der Mutter zu ziehen begann und sich deren Gesicht allmählich rötlich färbte.

So schlampig diese Frau wirkte, dumm war sie augenscheinlich nicht, denn wie sonst hätte sie Juliane so zielsicher aufstöbern und abpassen können? Diese rührte nun laut klingelnd in ihrem Tässchen in dem krampfhaften Bemühen, die beiden einfach zu ignorieren.

„Sehr nett, aber wissen Sie, das ist jetzt ein ganz schlechter Moment. Ich hätte wirklich gern ein bisschen meine Ruhe in den paar Minuten Pause, die ich noch habe", sagte sie kurz darauf notgedrungen, als Stefans Frau ein Foto aus ihrem Beutel geholt und ihr unvermittelt entgegengehalten hatte. Wider Willen neugierig geworden, warf sie einen Blick darauf. Es war streng genommen nur ein halbes Bild, von Stefan war nur der Arm übriggeblieben, den er offenbar einst stolz um seine junge Frau gelegt hatte.

Ihr hübsches Gesicht leuchtete unter einer dunklen Dauerwelle mit dem bis vor wenigen Jahren typischen Afrolook. Damit erinnerte sie zwangsläufig an Jamilah – auch wenn diese von weit verhaltenerer Schönheit war und nichts auf der Welt sie dazu hätte bewegen können, für ein Foto so strahlend zu posieren. „Hier, schauen Sie", sagte Frau Teuterich. „Ich habe ihn aus lauter Wut weggeschnitten. Aber man erkennt mich noch, nicht wahr?"

Abgesehen von dem geschäftigen Treiben um sie herum herrschte eine nun beinahe atemlose Stille. Die Frau hielt Juliane eisern das Bild entgegen, wodurch diese wieder wie zwanghaft an eine hartnäckige Bettlerin denken musste. Der Junge hatte sich losgerissen und starrte nun begierig auf ein Regal, das fast bis zum Boden mit Bonbonpackungen bestückt

193

war. „Ich schätze, Ihr Kleiner wird noch Unsinn anstellen, wenn Sie nicht auf ihn aufpassen", sagte Juliane mit einem schwachen Auflachen. Ihr Gegenüber wandte noch nicht einmal den Kopf, so entschlossen, als gelte es, Juliane mit Hilfe einer Pistole in Schach zu halten. „Schauen Sie sich das Foto ruhig an", mahnte sie. „Fällt Ihnen dazu denn gar nichts ein? Woran erinnert Sie das?"

Zu allem Überfluss hatte Juliane nun auch noch Anwar auf der anderen Seite der Kaffeetheke entdeckt. Er saß dort wohl schon eine ganze Weile, scheinbar ins Gespräch mit Kollegen vertieft, aber Juliane machte sich nichts vor. Er bekam alles brühwarm mit.

Das Licht hier unten war irgendwie heller als in den weiter oben liegenden Etagen, was aus Anwar überdeutlich einen Farbigen machte. Seine feingliedrige Hand, die lässig auf der Theke ruhte, glänzte nahezu ebenso dunkel wie die beleuchteten Kaffeebohnen auf dem Werbeschild hinter ihm. Hastig begann Juliane in ihrer Tasche zu wühlen. Ihr wurde klar, dass sie hier schleunigst weg musste, wenn nicht noch etwas Schlimmes passieren sollte.

Es krachte. Das Kind hatte ein paar metallene Preisschilder aus ihren Verstrebungen gerissen, als es sich gerade einiger Bonbontüten bemächtigte. Die

Schilder polterten eines nach dem anderen zu Boden, während der Junge sich freudig lächelnd zu seiner Mutter umdrehte.

Weder er noch Juliane waren auf ihre blitzschnelle Reaktion gefasst. Schon fand er sich heulend neben ihr wieder, nachdem sie ihm die Tüten aus der Hand gerissen und zurückgestopft, ihm in der Windeseile noch eine geklebt und ihn an ihre Seite gezerrt hatte.

Juliane dagegen fuhrwerkte weiter wie gelähmt in ihrer Tasche herum. Sie fand ihr verflixtes Portemonnaie einfach nicht, hatte sie es verloren? Das Ganze entwickelte sich allmählich zu einem Alptraum. „Ich muss jetzt wirklich zurück, ich komme sonst noch zu spät", stammelte sie hilflos, als sie spürte, wie ihr kalter Schweiß den Nacken herunterzurinnen begann.

Ausgerechnet ihre nun offensichtliche Verzweiflung schien Stefans Frau ein wenig zu besänftigen. Während sie eine Hand drohend über dem Jungen schweben ließ, der sich nicht mehr zu rühren wagte, hielt sie sich mit der anderen ihr Foto selbst noch einmal vor Augen. „Frau Saltur, ich wollt' Sie nicht aufhalten oder irgendwie erschrecken. Ich hab' ja bloß mal wissen wollen, ob jemand wie Sie überhaupt noch so etwas wie ein Gewissen hat."

Ob sie noch ein Gewissen hatte, sie? Juliane war es nun doch gelungen, mit zitternden Fingern ihre Geldbörse hervorzufischen, ihr etwas Kleingeld zu entnehmen und auf die Theke zu legen. Sie schloss die Tasche mit einem hörbaren Einschnappen. Das war doch wohl stark übertrieben.

Sicher hatte Juliane von Anfang an gewusst, dass Stefan noch verheiratet war – schon lange, bevor sie ihre Liaison begonnen hatten. Aber seine Äußerungen hatten ihr genügt, nämlich darüber, dass es mit seiner Ehe aus und vorbei war, daran hatte er nie den Hauch eines Zweifels gelassen.

Und war das nicht viel eher seine Sache als Julianes? Zumal bei dem ganzen Gezänk und Gezerre ja keinem entgangen sein konnte, dass Ehebruch schon seit ein paar Jahren keine entscheidende Rolle mehr spielte bei Scheidungen, eigentlich spielte es überhaupt keine Rolle mehr, das wusste ja sogar sie.

„Jetzt übertreiben Sie aber doch ziemlich, Frau Teuterich, meinen Sie nicht?" Es hatte entschieden klingen sollen, kam aber bloß viel lauter als beabsichtigt und dazu recht schrill. Juliane wies mit einem Kopfnicken in Richtung des Fotos und fuhr sich mit einer winzigen Serviette unter den Lidrändern entlang, unter denen die Wimperntusche vermutlich seit einer Weile schwärzlich verlief. „Sehen Sie, Sie haben Ihr Hochzeitsbild doch selbst zerschnitten, da kommt man doch nicht so einfach drauf! Das heißt doch, Sie wissen längst, wie es um Ihre Ehe steht. Und das geht doch im Grunde bloß Sie und Ihren Mann etwas an, deswegen halten Sie doch um Himmels Willen andere Leute da 'raus!" Sie zitterte nun am ganzen Körper wie Espenlaub und brachte den letzten Satz kaum noch über sich.

Wie alle anderen um sie herum, konnte nun auch Anwar nicht mehr so tun, als sei er mit etwas anderem beschäftigt. Seine glänzenden braunen Augen verfolgten das Treiben in angespannter Zurückhaltung und schienen, besonders wenn sie auf Juliane trafen, sie beinahe fürsorglich zu belecken. Als sie das bemerkte, riss Juliane die Hände von der Theke und wurde steif wie ein Brett. Los jetzt, dachte sie bei sich, komm schon, steh' auf und verschwinde hier endlich! Aber sie brachte keine weitere Bewegung zustande.

Das schöne Gesicht vor ihr schien nun etwas zu begreifen, wobei sich das gnadenlos mit dem darin bereits befindlichen Erstaunen, Entsetzen und wilder Verachtung mischte. „Oh, Gott!", sagte die Frau und schlug sich mit der Hand vor den Mund. „Sie denken, ich meine Sie! Sie haben auch was mit ihm. Oh, so ein Schwein! Das ist doch... er treibt's also mit allen beiden. Dabei sind Sie gar nicht sein Typ. Wissen Sie, er braucht ja anscheinend immer was Junges. Ich kenn' ihn – für ihn muss das ganze Leben immer sein wie neu, wie eben erst frisch ausgepackt. Zeigt sich nur irgendwo mal 'ne Schramme – bumms, ist es aus. Schon will er's nicht mehr. Ums Verrecken nicht!"

In Julianes Innerem quoll bei diesen Worten etwas über eine Kante und rutschte unaufhaltsam abwärts. Stück für Stück begann alles wie in Zeitlupe zusammenzubrechen und anschließend fiel sie und fiel und fiel, schlug dabei aber sonderbarerweise nirgendwo auf. Kein verdammter Boden schien sie noch festhalten zu wollen und so stürzte sie einfach weiter, mitten hinein in unaussprechliche Tiefen. Zwischendurch öffnete sie wieder die Augen und sah Anwars Hand auf dem Arm der Frau liegen und hörte ihn leise, aber suggestiv auf sie einreden. „Es ist genug jetzt, bitte seien Sie vernünftig", sagte er in seinem immer noch angenehm klingenden Singsang und „es reicht doch jetzt, bitte nehmen Sie Ihr Kind und gehen Sie nach Hause."

„Wissen Sie, ich habe doch auch eine Tochter, die ist jetzt in der Schule", ereiferte sich die Frau noch. „Soll ich die denn in ein paar Jahren nicht mehr zu ihrem Vater lassen? Weil ich Angst um die haben muss? Man muss doch etwas tun, ich kann doch nicht einfach zusehn...". Sie warf einen unsicheren Blick auf Juliane. „Sie hat es gar nicht gewusst, was? Nicht gemerkt oder hat's nicht wahrhaben wollen oder was. Das versteh' ich ja, versteh' ich sehr gut." - „Ja. Es ist gut jetzt..." - „Wissen Sie, er macht einen so anständigen Eindruck, nicht wahr? Wenn er eins kann, dann ist es einen guten Eindruck machen. Was glauben Sie, wie lange ich gebraucht hab', bis ..." - „Es ist gut jetzt. Bitte gehen Sie, gehen Sie!" - „Jaja, bin ja schon weg."

Scheue Blicke über die Schulter werfend und von ihrem quengelnden Kind gezogen, entfernte sich die Frau langsam, ging einfach davon und ließ Juliane mit einem Leben wie einem Berg aus Trümmern zurück.

Vorhang

„Giulia, sie ist ein Kind! So sind Kinder - sie sind wild." Anwars Hände umflatterten sie, wobei er es wohlweislich nicht wagte, Juliane zu berühren. „Da ist ein Motor in ihnen, Giulia, wenn sie jung sind. Ein Motor, der sie treibt, immer vorwärts mit aller Kraft. So landen sie ganz schnell in der Liebe - oder schlimmer noch, sie landen im Krieg. Und wo sie da sind, ein paar Jahre später, tut es ihnen so leid, wenn sie begreifen, Giulia. Wenn sie begreifen". Nachdem er sich bedeutungsvoll an die Stirn getippt hatte, ließ Anwar die Hände sinken.

Was sollte das, was war das für ein befremdliches Gequatsche. Dachte der Kerl etwa, er kannte sich aus und noch dazu in ihrem Leben? Juliane betrachtete ihn fast hasserfüllt, halb von der Theke gesunken und aus schräger Perspektive. Was bildete sich dieser Mensch ein - bloß weil sie mal miteinander im Bett gelandet waren. Gab ihm das vielleicht irgendein Recht, ihr, der betrogenen, einsamen deutschen Frau Ratschläge zu erteilen, weil sie ja sonst nicht klarkam? „Schon gut, Herr... ehm...", fauchte sie ihn an, sich mühsam aufrichtend. Verflixt, sie kannte doch seinen Nachnamen, natürlich kannte sie den. Wieso fiel ihr jetzt bloß Sadat ein, dieser ägyptische Staatsmann, den sie vor ein paar Jahren erschossen hatten. So konnte sie Anwar ja schlecht ansprechen.

Juliane rappelte sich auf, klopfte sich die Kleidung ab, als sei sie durch irgendeinen Vorfall übel mit Staub bedeckt worden und eilte, ihre Tasche an sich reißend, an Anwar vorbei. Er sprang gerade noch zur Seite und sein Gesichtsausdruck veränderte sich nicht, er blickte sie nach wie vor besorgt und verzweifelt an, das konnte sie sogar in ihrem Rücken spüren. Aber damit hatte sie nichts mehr, aber auch gar nichts mehr zu tun.

War vielleicht doch etwas dran, tobte es durch ihr gemartertes Hirn, während sie sich im Treppenhaus die Stufen hoch kämpfte. War dem eigenen Kind nicht zu trauen, weil es eine Art Wechselbalg und der Vater ein nahezu Unbekannter, dunkel und aus Südamerika war? Hatte alles deshalb so kommen müssen, wie es gekommen war? Na - das käme ja ihrer Mutter grad recht, um zum abermillionsten Mal über Stammbäume und das richtige Blut in den Adern zu schwadronieren. Da traf es Anwar wohl eher, von wegen jung und wild. So wie bei Juliane einst selbst - oder hatte sie sich etwa je groß Gedanken darüber gemacht, was ihre Jugendliebe und die Folgen für die Eltern bedeutet hatten?

Im Gedächtnis haften geblieben war ihr jenes leidige Telefonat, das ihr Vater seinerzeit mit der Grunewalder Vermieterin der elterlichen Wohnung führen musste. Juliane stürzte nun über einen Treppenabsatz, fing sich knapp und jagte weiter. Die Frau hatte den für sittenlos befundenen Nachwuchs samt 'Fehltritt' nicht in ihrem Hause dulden wollen und allen mit Kündigung gedroht, so waren sie und Jamilah damals überhaupt an eine eigene Wohnung gekommen. Ja – jung und wild war wohl passender als

„von Grund auf verdorben" und das womöglich noch aufgrund eines Erbschadens. Was für ein total bekloppter Irrsinn.

Plötzlich war ihr klar, wer oder was hier büßen musste. Es war das Porzellan! Dieses blankpolierte, altbackene Zeug, das so vornehm tat und immer zielsicher die falschen Leute anlockte. Oder vielmehr, dass sie überhaupt erst verdarb, weil es alles, was nicht stimmte, für alle Zeiten unter seiner glatten, weißen Oberfläche verbarg. Ihm sah man nie an, was alles passiert war und doch war es passiert. Das perfekte Gedeck für aalglatte Lügen. Lügen, mit denen sich klappern ließ. Lügen, aus denen sich Tee trinken ließ. Lügen, die das tägliche Brot waren für jemanden wie ihren Vater. Ach scheiße, Papa.

Diesem Teuterich war nicht beizukommen, da machte sich Juliane keine Illusionen mehr. In der Tür zur dritten Etage rammte sie eine ältere Kollegin. Die geriet böse ins Straucheln und landete schwer auf der Seite. „Mein Fuß, mein Fuß!", stöhnte sie hinter Juliane her. Die drehte sich nicht einmal um. Was sollte ihren Chef denn in diesem Hause schon zu Fall bringen? Seine dürftigen Verkaufszahlen vermochten es doch seit Jahren nicht. Höchstens, dass er nicht Golf spielen ging mit diesem Lohjewsky oder keinen saufen oder womöglich gleich nicht mit ins Bordell -

so was konnte hier wohl zum Problem werden. Aber eine hysterische Mitarbeiterin, die Porzellan zerschlug, die kam doch wie gerufen, das war doch keine Bedrohung, sondern die Lösung! Nein, sie würde ihn seiner Frau überlassen müssen, dem einzigen Menschen auf der Welt, den er zu fürchten hatte.

'Tack! Tack! Tack! Tack' – ihre Absätze knallten übers Linoleum, die Tasche schlug im Takt dazu hart gegen ihren Oberschenkel. Das entgeisterte Gesicht von Heidelinde Greuner flog vorbei, dann geriet Juliane in Uschis Blickfeld, die ganz gegen ihre Gewohnheit zunächst auf der Leitung saß und sie nichts bemerkend freudig zur Begrüßung anstrahlte. Dann veränderte sich ihr Gesichtsausdruck, wurde blass und starr, ihr Mund öffnete sich, formte Worte. Das einladende Breitwand-Dekolleté setzte sich wie in Zeitlupe wabernd in Bewegung, die Locken flogen, als sie – auch nicht unsportlich – losstürzte, um Juliane noch einzuholen.

„Siehst du, Papa – ich mache reinen Tisch!", kreischte Juliane, als sie genau neben der sie fassungslos anstarrenden, einem Standbild gleichenden Hartmann-Pracht einen Tisch voller Teller, Suppenschüsseln und Kasserollen umriss. Es krachte, splitterte und donnerte ohrenbetäubend in allen Richtungen. Ihre Kollegin bewegte sich in dem tosenden

Chaos nicht einen Zentimeter, sie stand einfach weiter da, während sich ihr Blick hinter der Brille in der Ferne verlor.

Juliane riss den nächsten Tisch um, dazu ein Regal und dann noch eins. Vielleicht hätte man im guten Stall ihrer Mutter das züchterische Augenmerk weniger auf Goldlocken als auf Gebärfreudigkeit legen sollen - oder besser gleich auf alles beides, wo man schon dabei war. Eine Reihe niedlicher Hummel-Kinder von der Firma Goebel purzelte nun wie im Wasserballett seitlich abwärts, rüde ihrem ewigen Wandern, Pinkeln und Gänse-Necken entrissen. Selbst jetzt noch stach es in Julianes wehen Blick, dass auch jene bübchenhaft aussahen, die Kleider trugen. Ach scheiße, Papa.

In dem gespenstisch stillen Moment, der nun folgte, fiel Juliane die Reihe von Anrichten mit den teuersten Stücken ins Auge. Schon hatte sie die dahinter befindlichen schweren Vorhänge gepackt, die der Brandschutz seit Jahr und Tag bemängelte und die doch kurze Zeit später immer wieder an Ort und Stelle hingen. Wie Tarzan baumelte Juliane nun an deren einem Ende, verwickelte sich furchtbar, torkelte so aber gut geschützt ins splitternde Glas des ersten Schrankes. Vögel, Hunde, Fische, Pferde und Ballerinen segelten geradewegs an ihr vorbei durch die

Luft, büßten Flügel, Köpfe, Flossen, Füße, Hufe ein und kamen doch zum Teil erstaunlich unversehrt auf. „Eben al-les echte Wertarbeit!" hörte sie sich schreien, was das Porzellan in keiner Weise schützte, weil sie sogar noch in blankem Vorsatz danach trat.

Juliane schluchzte nun hemmungslos, ihr rannen Tränenbäche übers Gesicht. War denn nicht die größte Liebe eine, die wund machte statt zu erfüllen, wenn ihr ständig wie ein dicker Klotz ein verdammtes *trotzdem* anhing? Ach Papa, Papa, mausetoter Papa.

Es hatte ja alles immer auch sein Gutes, fiel ihr mittendrin fast fröhlich ein. So konnte nun wohl endlich Schluss sein mit dem Färbezirkus, dieser anstrengenden Prozedur alle paar Wochen, bei der ihr Schopf unter der Last der Bleichmittel jedes Mal ein bisschen dürftiger wurde. Sie musste doch nicht mehr als Engel durchs Leben laufen, in Wahrheit nachgedunkelt, seit sie zwölf war. Ja, - und das Haar endlich ein wenig wachsen lassen, dass es den Nacken bedeckte und auf den Schultern aufstieß, wenn sie den Kopf bewegte. Das wäre mal was! Wenigstens versuchen könnte sie es.

Sie barg ihren Hummelkinder-Bubikopf aufstöhnend in den Armen und bettete diese auf einen Scherbenhaufen, um sich vom Schmerz einfach überwältigen zu lassen. War dies das Ende? Das war unter diesen Umständen doch echt nicht anders zu erwarten.

Ja, - oder es war einfach ein neues Leben.

*